Dagmar Hoßfeld

Carlotta

Internat und Prinzenball

CARLSEN

Mehr von Carlotta:
Carlotta – Internat auf Probe
Carlotta – Film ab im Internat!
Carlotta – Internat und plötzlich Freundinnen
Carlotta – Internat und tausend Baustellen
Carlotta – Herzklopfen im Internat
Carlotta – Internat und Schneegestöber
Carlotta – Internat auf Klassenfahrt

Weitere Reihen von Dagmar Hoßfeld im Carlsen Verlag:
Conni & Co
Sattel, Trense, Reiterglück

FSC
www.fsc.org
MIX
Papier aus verantwortungsvollen Quellen
FSC® C083411

Veröffentlicht im Carlsen Verlag
Januar 2018

Umschlagbild: Edda Skibbe
Umschlagtypografie und Kapitelüberschriften: Gerhard Schröder
Umschlaggestaltung: formlabor
Corporate Design Taschenbuch: bell étage
ISBN 978-3-551-31637-0

Sofie in Love

„Wow! Deine Bilder sind echt cool!" Carlotta steht im Fotolabor und betrachtet die Aufnahmen an der Pinnwand. Sie zeigen Alltags- und Straßenszenen mit winzigen Menschen, Häusern und Autos aus der Vogelperspektive. „Die sehen aus wie Trickaufnahmen. Wie hast du das hingekriegt?"

Nikolas steht so dicht hinter ihr, dass sie glaubt seinen Herzschlag zu spüren. Als sie sich zu ihm umdreht, lächelt er.

„Die Methode heißt Tilt-Shift. Hast du bestimmt schon mal in einem Werbespot gesehen. Du brauchst dafür ein spezielles Objektiv. Wenn du willst, leih ich dir meins. Dann kannst du es selbst mal ausprobieren." Sein Lächeln wird breiter. „Und wenn du möchtest, zeig ich dir auch, wie man auf den Bieneburger Rathausturm kommt, um die Welt von oben zu fotografieren. Ist zwar nicht ganz legal, aber der Ausblick lohnt sich. Besonders bei Sonnenuntergang."

„Nee, danke. Ich glaub, ich bleib lieber auf der Erde." Carlotta wendet sich wieder den Aufnahmen zu – obwohl das Angebot, mit Nikolas etwas Illegales zu tun und zusammen mit ihm der Sonne beim Untergehen zuzuschauen, in ihren Ohren ziemlich verlockend klingt.

„Schade eigentlich." Niko beugt sich vor und zeigt auf ein Bild. „Siehst du den kleinen Hund da?"

Carlotta nickt. „Sieht aus wie Idefix. Total süß."

Als die Tür zum Fotolabor aufgerissen wird, fahren sie herum.

Als wären wir bei etwas Verbotenem ertappt worden, denkt Carlotta und ärgert sich über ihre Reaktion. Schließlich haben Niko und sie sich nur über Fotografie unterhalten. Vollkommen harmlos.

Paula, eine ältere Mitschülerin aus der Foto-AG, nickt ihnen zu. „Sorry, ich wollte euch nicht erschrecken. Hab nur was liegenlassen." Sie geht zu ihrem Platz und schnappt sich einen Ordner, bevor sie wieder verschwindet. „Ciao, ihr Süßen! Und nicht vergessen: Die Letzten machen das Licht aus!"

Carlotta und Niko lachen.

„Ich glaub, sie meint uns", sagt Niko.

„Stimmt." Carlotta schultert ihren Rucksack. Die Foto-AG ist seit zwanzig Minuten zu Ende. Sie hat die Zeit total vergessen. Aber wenn man mit Nikolas von Falkenstein allein in einem Raum ist, kann das schon mal passieren.

„Bist du manchmal in der Gruft?", fragt er beiläufig, als sie das Labor verlassen haben und dem langen Gang folgen, der in die Eingangshalle führt.

„Nein", antwortet Carlotta. „Das heißt … nur ganz selten mal." Wenn sie ehrlich ist, war sie bis jetzt nur ein einziges Mal in der Disco, die die Oberstufe in einem Kellergewölbe des Internats eingerichtet und treffenderweise Gruft genannt hat. Es hat sich einfach nicht ergeben. Manu und Sofie hatten entweder keine Zeit oder keine Lust und alleine macht es keinen Spaß.

„Vielleicht können wir uns ja mal da treffen", schlägt Niko vor.

Für den Bruchteil einer Sekunde bleibt Carlottas Blick an seinen langen Wimpern kleben. Sie stolpert über ihre eigenen Füße und läuft gegen eine offen stehende Tür, die plötzlich vor ihrer Nase auftaucht. So was Hinterhältiges!

„Ähm … ja, vielleicht“, stammelt sie und flucht gleichzeitig innerlich. Wieso bringt dieser Typ sie dermaßen aus der Fassung, dass sie sogar schon gegen Türen rennt? Nur weil er so wunderschöne schokoladenfarbene Mandelaugen und Dreadlocks hat?

Na gut, denkt Carlotta. Er ist auch sonst ziemlich niedlich. Aber das ist doch kein Grund, gleich zum Trampeltier zu mutieren! Sie wirft der Tür einen bösen Blick zu und marschiert weiter.

In der Eingangshalle des Internats verabschieden sie sich voneinander. Niko geht nach links, sie nach rechts. Carlotta atmet auf. Ob er ihr hinterherschaut? Am liebsten würde sie sich umdrehen, um es zu überprüfen, aber sie widersteht der Versuchung und stapft stattdessen die Treppe ins Obergeschoss hinauf.

Manu und Sofie nehmen sie im Flur vor ihrem Zimmer in Empfang, als hätten sie dort auf sie gewartet.

„Ist was?“, fragt Carlotta ihre Mitbewohnerinnen.

Sofie verknotet die Finger. Ihre Augen glänzen.

„Bist du krank?“ Carlotta runzelt die Stirn.

Manu wirft sich eine Handvoll Nüsse in den Mund und kichert. „Ja, liebeskrank. Sprich sie lieber nicht an. Sie ist frisch verknallt.“

„Echt? In wen?“, fragt Carlotta neugierig.

„In den Neuen“, mümmelt Manu. „Er heißt –“

Sofie kommt ihr zuvor.

„Julian“, haucht sie und entknotet ihre Finger. Sie spricht den Namen halb englisch, halb französisch aus. Es klingt wie *Dschülienn*. „Er ist der süßeste, hübscheste Junge, den ich je gesehen habe. Mon Dieu, er ist so attraktiv!“

Carlotta und Manu wechseln einen Blick.

„Dschülienn?“, wiederholt Carlotta. „Was ist das denn für ein Name?“

„Ein ziemlich bescheuerter, wenn du mich fragst. Hört sich an wie Suppengemüse.“ Manu stupst Sofie an. „Möchtest du hier stehen bleiben und festwachsen oder kommst du mit rein?“

„Ich komme schon“, sagt Sofie und stolpert hinter ihr her.

Carlotta kann nur mit Mühe ein Prusten unterdrücken. Sofie verliebt … Das kann ja heiter werden!

Im Zimmer wirft sie ihren Rucksack in hohem Bogen auf den Schreibtisch und anschließend sich selbst auf ihr sorgfältig gemachtes Bett. Hinter ihr liegt ein langer Schultag, und obwohl das neue Halbjahr gerade erst angefangen hat, fühlt sie sich schon wieder ferienreif. Wie kann das sein?

Es ist ihr viertes Jahr im Internat Prinzensee. Sie geht in die 8. Klasse und hat sich inzwischen an das Internatsleben gewöhnt. Aber niemand hat ihr gesagt, dass mit jedem Schuljahr alles so viel schwieriger werden würde. Neue Fächer, neue Lehrer und ein bis zum Anschlag vollgestopfter Stundenplan. Dazu die Foto-AG, jede Menge Nachmittagsveranstaltungen und, und, und.

Wo bleibt da der persönliche Freiraum?, denkt Carlotta. Wann kann man mal etwas machen, das nichts mit Lernen und irgendwelchen Verpflichtungen zu tun hat? Mit Niko auf Rathaustürme klettern und romantische Sonnenuntergänge betrachten zum Beispiel. Oder sich mit ihm in der Gruft verabreden, um zu tanzen und einfach nur Spaß zu haben.

Sie schickt einen abgrundtiefen Seufzer in Richtung Zimmerdecke und wälzt sich auf den Bauch.

Manu wühlt in ihrem Kleiderschrank. Sofie sitzt am Fenster und zupft abwesend an ihren Haarspitzen, als wäre sie mit ihren Gedanken ganz woanders.

Ist sie wahrscheinlich auch, analysiert Carlotta.

„Dieser Julian …“, nimmt sie den Gesprächsfaden wieder auf, „kommt der in unsere Klasse?“

„Ich hoffe es“, antwortet Sofie.

Manus Kopf taucht aus den Tiefen ihres Kleiderschranks auf.

„Ich nicht", grummelt sie. „Der zieht so eine Schleimspur hinter sich her, dass man darauf Schlittschuh laufen könnte. Außerdem würde mir Sofies Geschmachte während des Unterrichts tierisch auf den Keks gehen. Schlimm genug, dass ich das in meiner knappen Freizeit ertragen muss. Nee, danke. Wieso kommt der eigentlich jetzt erst nach Prinzensee? Das Schuljahr hat doch längst angefangen."

„Vielleicht hat er eine Ausnahmegenehmigung." Carlotta richtet sich auf und setzt sich auf die Bettkante.

„Oder er kommt von ganz weit her." In Sofies Augen liegt ein verträumtes Funkeln. „Ich finde, er sieht aus wie ein Prinz von einem anderen Stern."

Manu zeigt ihr einen Vogel. „Du meinst, der Schnösel ist außerirdisch? So ein Schwachsinn! Der ist einfach nur bescheuert!"

Carlotta steht auf und fischt ein paar Gummibärchen aus einer kleinen Keramikschale, die auf ihrem Schreibtisch steht. Langsam beginnt der Neuzugang sie zu interessieren. Ein außerirdischer Prinz im Internat wäre wenigstens mal eine Abwechslung. Prinz Julian vom Mars … Warum eigentlich nicht? Es gibt schon ein paar adlige Sprösslinge in Prinzensee; da würde eine marsianische Hoheit kaum auffallen. Es sei denn, dieser Julian hat spitze grüne Ohren oder schillernde Schwimmhäute zwischen den Fingern. Ob er wirklich so blendend aussieht, wie Sofie behauptet? Davon würde Carlotta sich liebend gern mit eigenen Augen überzeugen.

„Kann man den irgendwo besichtigen?“, fragt sie.

„Spätestens beim Abendessen wird es sich leider kaum vermeiden lassen“, antwortet Manu. „Es sei denn, er speist in seinem Zimmer, weil er für den Rest der Menschheit zu nobel ist. Angekommen ist er jedenfalls mit einem Taxi. Wir haben zufällig mitgekriegt, wie er seine Koffer ausgeladen hat. Seitdem ist es um Sofie geschehen. Ein Blick auf die Schmalzlocke und – zack! – weg war sie.“

Sofie kommentiert Manus Bericht mit einem nachsichtigen Lächeln. Sie verlässt ihren Fensterplatz, nimmt eine Bürste von ihrem Nachttisch und fährt mit langen, gleichmäßigen Strichen über ihr Haar, bis es knistert.

Carlotta schaut fasziniert zu. Egal wie lange sie sich

kämmt und bürstet – so einen seidigen Schimmer bekommen ihre Haare nie!

Beim Abendessen herrscht das übliche Gedränge im alten Rittersaal des Schlosses, der als Speisesaal dient. Das Stimmengewirr und der intensive Essensgeruch rauben Carlotta für einen Moment den Atem. Gemeinsam mit Manu und Sofie bleibt sie an der Tür stehen und hält nach einem freien Tisch Ausschau.

Sofie scheint den Speisesaal mit ihren Blicken abzutasten. Allerdings sucht sie keine freien Plätze, wie Carlotta bemerkt, sondern offensichtlich den Haarschopf des Neuzugangs.

„Da ist er!“, quietscht sie plötzlich und krallt ihre Fingernägel in Carlottas Ärmel. „Dahinten am Fenster!“

Manu grinst. „An seinem Tisch sind noch drei Stühle frei. So ein Glück!“

Bevor Carlotta oder Sofie protestieren kann, strebt Manu auf den Ecktisch zu, an dem ein dunkelhaariger Junge sitzt und mit gesenktem Kopf in seiner Suppe rührt. Fasziniert beobachtet Carlotta, wie Manu sich mit dem Neuen unterhält und ihm offenbar klarzumachen versucht, dass die drei freien Stühle mit sofortiger Wirkung besetzt sind.

„Hi!“, sagt plötzlich eine Stimme hinter Carlotta. Nikolas schiebt sich mit zwei Freunden vorbei. Ihre Schultern berühren sich leicht und Carlotta spürt einen winzigen Funken wie von einem Stromstoß überspringen. Oder bildet sie sich das nur ein?

„Wollt ihr heute im Stehen essen?“ Niko hebt belustigt eine Augenbraue.

„Wie? Was?“ Carlotta spürt, dass sie rot wird, und rettet sich in ein verlegenes Lachen. „Nee, natürlich nicht!“

Mit einem Augenzwinkern geht Niko weiter, schnappt sich ein Tablett und verschwindet in dem Gedränge vor der Essensausgabe.

Carlotta sieht seine wilden Dreadlocks zwischen den Köpfen der anderen Jungs und unterdrückt den Impuls, sich ihm anzuschließen. Viel lieber als mit dem Marsianer würde sie das Abendessen mit Niko verbringen, das Gespräch über Fotografie fortsetzen, verbotene Ausflüge auf Rathaustürme planen und sich vielleicht ganz nebenbei für die Disco am Freitagabend verabreden.

Schön wär's, denkt sie und wendet sich an Sofie: „Sieht aus, als hätten wir Plätze.“

Manu winkt hektisch und deutet auf den Tisch.

Während Julian sich wieder seiner Suppe widmet, macht sie das Victory-Zeichen und grinst.

Leider kann Carlotta aus der Entfernung nicht erkennen, ob der Neue wirklich so attraktiv ist, wie Sofie behauptet. Er sitzt halb mit dem Rücken zu ihr. Dass er sehr modisch gekleidet ist, sieht sie trotzdem auf den ersten Blick. Er trägt ein hellblaues Hemd, dazu eine sandfarbene Hose und dunkelblaue Segelschuhe. Um seine Schultern hat er einen Polopullover drapiert. Todschick, lässig und bestimmt sehr teuer – aber ganz und gar nicht Carlottas Geschmack. Besonders nicht diese scharfe Bügelfalte, die sie an einem seiner Beine erspäht. Wie kann man freiwillig Hosen bügeln? Die sind doch eh gleich wieder kraus, sobald man sie anzieht!

Neben ihr stöhnt Sofie leise auf.

„Wir können uns doch nicht einfach an seinen Tisch setzen!“, jammert sie.

„Klar können wir das“, erwidert Carlotta ungerührt. „Oder willst du lieber hier stehen bleiben und ihn von weitem anschmachten?“

Sie nimmt ein Tablett von einem hohen Stapel, legt Besteck und eine Serviette darauf und reiht sich in die Schlange vor dem Büfett ein.

Sofie folgt ihr mit glühenden Wangen.

Vor ihnen in der Reihe stehen drei fast identisch aussehende Mädchen. Sehr groß, sehr schlank, sehr blond und sehr modisch gekleidet. Während die Schlange sich in Zeitlupentempo vorwärtsbewegt, stecken sie ihre Köpfe zusammen und tuscheln miteinander. Carlotta kann gar nicht anders, als dem Gespräch zuzuhören.

„Habt ihr den Neuen schon gesehen?", wispert die eine. „Ich hab gehört, er kommt aus Wales. Er soll mit dem britischen Königshaus verwandt sein."

„Unglaublich!", quietscht die zweite Blonde.

Das dritte Mädchen begnügt sich damit, dem Neuankömmling einen neugierigen Blick zuzuwerfen.

Carlotta unterdrückt ein Aufstöhnen. Dass die Barbies auf den Neuen abfahren, wundert sie kein bisschen. Die haben wirklich nichts anderes im Kopf als Klamotten, Make-up, Jungs und jede Menge Stroh.

„Hi, Mädels!" Manu hat es geschafft, sich bis zu ihnen durchzukämpfen. Sie bohrt einem der Mädchen die Kante ihres Tabletts in den Rücken. „Habt ihr noch was vor oder warum seid ihr so aufgebrezelt?"

Vicky, Nadine und Simone drehen ihre Köpfe so

synchron herum, als hätten sie es einstudiert. Manu grinst. „Es geht weiter", sagt sie freundlich und macht mit dem Kinn eine entsprechende Geste.

Die Barbies mustern sie mit einem abschätzigen Blick.

„Einfach ignorieren", sagt Nadine.

„Was sonst", stimmt Vicky ihr zu.

Simone rümpft wortlos die Nase.

„Mr Brentley ist entzückt, dass wir ihm Gesellschaft leisten wollen", wendet Manu sich an Carlotta und Sofie, als sich die Schlange langsam weiterschiebt.

„Wer?" Carlotta nimmt eine Schale Tomatensuppe in Empfang.

„Brentley. So heißt der kleine Lord mit Nachnamen", klärt Manu sie auf.

Sofie ist entzückt. „Julian Brentley. Das ist so ein wunderschöner Name, n'est-ce pas?"

Carlotta findet zwar, dass sich der Name wie eine englische Automarke anhört, aber sie spricht es nicht aus. „Wunderschön", bestätigt sie stattdessen.

„Ich bekomme bestimmt keinen Bissen herunter, wenn ich neben ihm sitze!" Sofie stellt ihr Tablett ab, zieht einen kleinen Klappspiegel aus ihrem Handtäschchen und überprüft ihr Make-up.

Carlotta lächelt. Wenn jemand in diesem Raum perfekt aussieht, dann Sofie.

„Habt ihr gesehen, wie gerade der sitzt?", mischt Manu sich ein. „Steif wie ein Stock, sag ich euch!"

„Vermutlich ist er gut verzogen." Sofie klappt den Spiegel energisch zu. „Ganz im Gegensatz zu dir!"

„Du meinst bestimmt erzogen, nicht verzogen", kichert Carlotta.

„Ist das nicht dasselbe?", fragt Sofie erstaunt.

„Nicht ganz."

Sofie lässt sich eine winzige Portion Salat geben, während Manu beschließt nicht nur den hausgemachten Nudelsalat, sondern auch die Bratkartoffeln zu probieren. Carlotta legt ein Baguettebrötchen und zwei Käsespieße neben ihren Suppenteller und balanciert das Tablett anschließend durch das Gedränge.

Als sie vor dem Fenstertisch steht, an dem gerade noch Julian gesessen hat, stutzt sie. Der Tisch ist leer. Alle Stühle sind ordentlich zusammengeschoben. Die Oberfläche des Tisches glänzt wie frisch abgewischt. Keine Spur mehr von dem Neuen.

„Upps!", macht Manu, als sie es sieht. „Entweder holt Mr Brentley sich eine zweite Portion oder er hat die Flucht ergriffen."

„Ich tippe auf das Zweite." Carlotta setzt sich hin und pickt einen Käsewürfel von einem der Spieße.

Sofie funkelt Manu vorwurfsvoll an. „Bestimmt hast du ihn vergrault! Was hast du zu ihm gesagt?"

„Ich? Ich hab überhaupt nichts gesagt! Ich hab ihn nur gefragt, ob hier noch drei Plätze frei sind. Ich war total lieb und nett zu ihm, ob du's glaubst oder nicht!"

„Kriegt euch wieder ein", bittet Carlotta die beiden. „Die anderen gucken schon."

„Mir doch egal", blubbert Manu.

„Mir auch", schließt Sofie sich an.

„Hey, Carlotta, falls du deine Ruhe haben willst, komm einfach rüber!", ruft ein Junge vom Nachbartisch. Seine Freunde lachen.

Brendan – auch das noch!

„Danke. Vielleicht komme ich darauf zurück." Carlotta zwingt sich zu einem Lächeln und winkt Brendan zu. Dann zischt sie in Manus und Sofies Richtung: „Setzt euch endlich hin und haltet eure Klappen. Ihr benehmt euch echt peinlich!"

Das anschließende Abendessen verläuft äußerst schweigsam. Carlotta löffelt ihre Suppe. Manu schiebt sich abwechselnd eine Gabel Nudelsalat und eine Portion Bratkartoffeln in den Mund. Das einzige Geräusch, das von ihr kommt, ist leises, behagliches Schmatzen.

Sofie hat sich hinter den Vorhang ihrer seidigen Haare zurückgezogen und zupft an ihrem Salat herum. Ab und zu lugt sie unter ihren Ponyfransen in den Saal, um nachzusehen, ob Julian vielleicht doch noch in der Nähe ist, aber das Objekt ihrer Begierde ist und bleibt wie vom Erdboden verschluckt.

„Vielleicht muss er noch auspacken“, versucht Carlotta die Stimmung zu retten. „Oder sein Zimmer einrichten.“

Sofie wirft ihr einen dankbaren Blick zu, während sie versucht mit einer Gabelzinke ein Salatblatt aufzuspießen.

Manu rülpst leise.

„Oder er ist wieder abgereist, weil ihm das Ambiente nicht zusagt“, mümmelt sie und schiebt sich unbekümmert eine weitere Ladung Nudeln zwischen die Zähne. „Kann doch sein, oder?“

Sofie schnappt nach Luft und will etwas erwidern, aber dann schüttelt sie nur den Kopf und seufzt.

„Spätestens morgen früh siehst du ihn wieder“, sagt

Carlotta tröstend. „Bis dahin musst du eben von ihm träumen."

„Na, das wird garantiert ein Albtraum!", flachst Manu.

Sofie bringt sie mit einem frostigen Blick zum Schweigen.

Tea and Toast, Black and White

Am nächsten Morgen steht Sofie eine Viertelstunde früher auf als sonst.

Bestimmt will sie sich in Ruhe für ihren Schwarm herausputzen, überlegt Carlotta im Halbschlaf.

Sie hört Sofie im Zimmer hin und her huschen und ihre Sachen zusammensuchen. Als sie einen Kleiderbügel und kurz darauf einen Schuh fallen lässt, stöhnt Carlotta auf. Wie kann man wegen eines Jungen nur so ein Theater machen? Schließlich steht noch gar nicht fest, ob Julian überhaupt in ihre Klasse kommt. Vielleicht sind Sofies Bemühungen also ganz umsonst.

Sie wirft sich mit Schwung auf die andere Seite, um noch ein paar Minuten weiterzuträumen, aber Sofie erstickt den Versuch im Keim.

„Pardon“, flüstert sie Carlotta ins Ohr. „Hab ich dich geweckt?“

„Ja. Nein. Nicht wirklich“, murmelt Carlotta verschlafen.

Sofie macht ein zerknirschtes Gesicht. „Ich bin so schrecklich nervös!“

Carlotta gähnt. „Wieso?“

„Ich weiß nicht, welches T-Shirt ich anziehen soll. Das blaue oder das lavendelfarbene?“

Sie hält Carlotta zwei Oberteile vor die Nase. Die blinzelt bei dem Versuch ihre Augen aufzubekommen.

„Wo ist der Unterschied?“, murmelt sie. „Die sehen doch beide total gleich aus!“

„Nimm das linke“, kommt es aus Manus Ecke.

„Von mir aus gesehen oder von dir aus?“, fragt Sofie.

„Egal. Und jetzt kleb dir bitte den Mund zu. Auf meinem Schreibtisch liegt eine große Rolle Tesa!“

Sofie rafft die T-Shirts zusammen und schnaubt entrüstet. „Seid ihr meine Freundinnen oder nicht? Ich finde, ihr könntet mich ruhig ein wenig stützen!“

„Du meinst unterstützen.“ Carlotta gähnt noch einmal, bevor sie ihre Füße aus dem Bett streckt und sich aufsetzt. Ans Einschlafen ist nicht mehr zu denken. Der Wecker klingelt eh gleich.

Sofie ist an ihren Kleiderschrank zurückgekehrt und führt dort vor dem Spiegel ein Selbstgespräch.

„Vielleicht sollte ich das Fliederfarbene nehmen? Mais non, das macht mich so blass. Apricot ist besser. Aber welche Jeans passt dazu? Die weiße oder die rote? Oder doch lieber ein Faltenrock?"

„Du hast eindeutig zu viele Klamotten." Manu grinst. „Nimm dir ein Beispiel an mir: zwei Jeans, zwei Reithosen, ein paar einfarbige T-Shirts und drei karierte Blusen. Das macht das Leben echt einfach. Glaub mir."

Sofie schüttelt den Kopf.

Carlotta kichert. Dass sie sich im Internat mit zwei so grundverschiedenen Mädchen ein Zimmer teilen muss, ist manchmal anstrengend, aber meistens ziemlich lustig. Langweilig ist es jedenfalls nie.

Eine halbe Stunde später ist die Kleiderfrage geklärt. Sofie hat sich für eine dunkle Jeans und ein mintfarbenes T-Shirt entschieden und das Ganze mit farblich abgestimmtem Lidschatten und Eyeliner aufgepeppt. Die Mädchen müssen sich beeilen, um noch rechtzeitig zum Frühstück zu kommen. Sie verlassen ihr Zimmer und gehen in den Frühstücksraum.

„Morgen, Carlotta!"

„Hi, Brendan." Carlotta nickt dem gut aussehenden Mitschüler zu. Er kommt aus Australien, ist eine echte Sportskanone und strahlt sie an, als würde er sich riesig freuen sie zu sehen. Warum nur? Sie schüttelt leicht den Kopf und reiht sich mit den anderen in die Schlange vor dem Brötchenkorb ein.

Als sie ein komplettes und ihrer Ansicht nach ausgewogenes Frühstück auf ihrem Tablett aufgetürmt hat, schaut sie sich um. Der runde Fenstertisch ist noch frei. Perfekt!

Sie steuert darauf zu und will gerade ihr Tablett abstellen, als sie von der Seite angerempelt wird. Ihr Kakao schwappt über und überschwemmt das Mohnhörnchen und das Schokocroissant. Na lecker! Carlotta unterdrückt ein Aufstöhnen.

„What a mess!", ruft der Übeltäter. „I'm sorry!"

Carlotta fährt herum. Julian Brentley, der außerirdische Prinz! Er steht direkt vor ihr! Und er sieht nicht nur sehr zerknirscht, sondern auch ziemlich gut aus. Für einen Außerirdischen jedenfalls. Immerhin hat er keine spitzen Ohren, stellt sie fest. Und seine Hautfarbe ist auch normal. Kein bisschen grün, schuppig oder schleimig. Im Gegenteil, er sieht eher rosig aus. Wie frisch geschrubbt. Blitzschnell mustert sie ihn von oben bis unten. Seine dunklen Haare sind einwandfrei gestylt und liegen dank einer Portion Gel in leichten Wellen an seinem Kopf. Auch seine Kleidung ist wie am Vorabend tadellos aufeinander abgestimmt: helle Chinos, ein Polohemd und dunkelblaue Segelschuhe. Er sieht aus, als würde er von einer Jacht oder vom Golfplatz kommen. Jedenfalls nicht wie ein durchschnittlicher Internatsschüler. Zudem verströmt er einen frischen Duft. Benutzt er etwa Rasierwasser? Carlotta rümpft die Nase.

„Nix passiert", versichert sie und schiebt ihr Tablett auf den Tisch. „No problem."

Julian stellt sein Tablett ebenfalls ab. Carlotta riskiert einen verstohlenen Blick darauf. Sein Frühstück besteht aus einer Tasse Tee, der sehr blass und dünn aussieht, einem kleinen Schälchen Orangenmarmelade und ein paar Scheiben Toast, ebenfalls nur blass gebräunt.

Sehr vornehm und very british, denkt Carlotta und schüttelt sich innerlich. Sie kann Orangenmarmelade nicht ausstehen. Und Tee trinkt sie nur, wenn sie krank ist.

Sie setzt sich auf einen freien Stuhl und schaut unauffällig über ihre Schulter. Wo bleiben Sofie und Manu? Immer wenn es spannend wird, sind sie nicht da!

Sie entdeckt sie am Büfett, wo sie darauf warten, dass der Brotkorb frisch aufgefüllt wird. Carlotta überlegt gerade, wie sie ihnen möglichst unauffällig ein Zeichen geben kann, als Julian sie anspricht.

„Verzeihung, ich habe mich noch gar nicht vorgestellt. Julian Brentley." Er erhebt sich ein paar Zentimeter von seinem Stuhl.

„Was? Wie?" Carlotta ist total überrumpelt. „Ach so, ähm … ich bin Carlotta Prinz."

Sie streckt Julian ihre Hand entgegen, die dieser sofort ergreift und behutsam schüttelt. Ganz kurz befürchtet Carlotta, er könnte ihr womöglich einen Handkuss geben, aber zum Glück lässt er ihre Hand ungeknutscht wieder los. Stattdessen führt er die Tasse mit dem blassen Tee an den Mund und nippt vorsichtig daran.

Carlotta schaut ihm fasziniert zu. Manu hat Recht: Was für ein Schnösel! Nett, aber irgendwie auch ein bisschen abgedreht. Ob alle englischen Jungs so sind?

„Hallihallo!" Mit einem lauten Scheppern knallt

Manu ihr Tablett auf den Tisch und strahlt zuerst Carlotta, dann Julian an. „Na, das nenn ich Kismet!"

Sofie steht halb hinter ihr und macht ein Gesicht, als würde sie intensiv darüber nachdenken, was besser wäre: auf der Stelle unsichtbar zu sein oder wegzulaufen.

Dabei hat sie sich solche Mühe mit ihrem Outfit gegeben, denkt Carlotta und nickt ihr aufmunternd zu.

Verlegen lächelnd balanciert Sofie ihr Frühstückstablett auf einer Hand und will mit der anderen einen Stuhl zu sich heranziehen, doch Manu ist schneller. Unauffällig und äußerst geschickt drängt sie Sofie ein kleines Stück weiter, bis sie direkt neben Julian landet, der sofort von seinem Platz hochschnellt und sich ihr genauso formvollendet vorstellt, wie er es kurz zuvor bei Carlotta getan hat.

Sofies Wangen werden abwechselnd blass und rosa. Carlotta und Manu grinsen.

„Du sprichst richtig gut Deutsch", sagt Manu zu Julian. „Sofie kommt aus Belgien und ist schon seit Jahren hier, aber ihr Deutsch ist allerhöchstens suboptimal."

Julian legt die Toastscheibe zurück, an der er geknabbert hat, und wischt sich mit der Serviette über den Mund. Die Mädchen beobachten wie gebannt jede einzelne seiner Gesten.

„Tu es belge? Je suis enchanté."

Sofie reißt die Augen auf und lässt vor Schreck fast ihren Eierlöffel fallen.

„Ich hab in der Schule Französisch gelernt", erklärt Julian. „Bei uns zu Hause sprechen wir englisch und deutsch. Meine Großmutter stammt ursprünglich aus Potsdam."

„Cool." Manu beißt krachend in ihr Nutellabrötchen. „Meine Oma wohnt in Castrop-Rauxel."

„Und wo kommst du her?", fragt Carlotta.

„Aus einem kleinen Ort in der Nähe von Cardiff. Cardiff ist die Hauptstadt von Wales", antwortet Julian so freundlich, dass Carlotta sich kurz fragt, ob sie sich für die Information bedanken muss. Sie verzichtet darauf und beschränkt sich stattdessen auf ein Lächeln.

„Darf ich fragen, in welche Klasse ihr geht?", fährt Julian fort.

„In die Achte", antwortet Sofie, die bisher noch nicht einen Ton gesagt hat. „Und du?"

„Ebenfalls." Julians Miene ist nicht anzusehen, ob er sich darüber freut oder nicht. „Ich bin sehr neugierig auf den Unterricht. Ist er interessant?"

Manu schnaubt. „Machst du Witze? Seit wann ist Schule interessant?“

Carlotta kichert.

Sofie räuspert sich.

„Ich glaube, das ist Ansichtssache“, sagt sie zu Julian. „Wie bei allem kommt es vermutlich darauf an, was man daraus macht.“

Julian nickt, als wüsste er genau, was sie meint.

„Sofie ist unser Superhirn“, erklärt Manu ihm. „Sie hat ein Hochbegabtenstipendium.“

„Faszinierend.“ Julian stellt sein Frühstücksgeschirr zusammen. „Es war mir ein Vergnügen, Ladys. Ich muss noch meine Bücher aus der Bibliothek holen. Wir sehen uns später.“

Er nickt zuerst Sofie, anschließend Carlotta und Manu zu, dann nimmt er sein Tablett und trabt hoch erhobenen Hauptes davon.

Die Mädchen starren ihm hinterher.

Manu fasst sich an den Kopf. „Meint der mit Ladys etwa uns?“

Carlotta kann sich nicht mehr beherrschen und prustet los. Sofie wirft ihr einen empörten Blick zu.

„'tschuldigung“, kichert Carlotta. „Ich mein's nicht böse. Er ist nur so … so anders.“

„Oh ja“, nickt Sofie andächtig. „Das ist er wirklich!“

„Wie ihr wisst, findet im Herbst unser großer Ball statt. Wir werden gleich alles Wichtige dazu besprechen.“ Frau Berger wandert bedächtig durch die Bankreihen und bleibt vor der Tafel stehen. Sie ist eine ältere Lehrerin, Ende fünfzig, und schon seit vielen Jahren in Prinzensee. Als Leiterin der Mittelstufe ist sie für alles zuständig, was nicht in den Unterricht gehört, aber dringend besprochen werden muss. Nachdem sie Julian kurz vorgestellt und ihm einen Platz in der ersten Reihe zugewiesen hat, fordert sie die Klasse nun auf, ihm Fragen zu stellen, um ihn besser kennenzulernen.

Manu will wissen, warum er erst jetzt aufgetaucht ist, mitten im angefangenen Schuljahr.

In seinem fast perfekten Deutsch erklärt Julian ihr, dass seine Großtante vor kurzem gestorben sei und in der Aufregung niemand in der Familie daran gedacht hätte, ihn rechtzeitig nach Deutschland zu schicken. Manu ist beeindruckt.

„Die haben vergessen dich zur Schule zu schicken? Wie cool ist das denn?“

Julian grinst.

Nadine meldet sich mit einem Fingerschnipsen und fragt ihn, ob er Harry und William kennt.

Carlotta unterdrückt ein Aufstöhnen. Nur weil der Neue aus Großbritannien kommt, heißt das noch lange nicht, dass er die Mitglieder der englischen Königsfamilie persönlich kennt. Doch zu ihrem Erstaunen antwortet Julian mit einem Nicken.

„Sicher“, sagt er lächelnd. „Ich war oft zum Lunch in ihrer Gesellschaft oder bin mit ihnen im Park spazieren gegangen. Wir sind sozusagen miteinander verwandt, wenn ich es so ausdrücken darf.“

Durch die Klasse geht ein Raunen. Sofie entfährt ein lautes „Mon Dieu!“.

Frau Berger beendet die Fragerunde und schlägt vor, das weitere Kennenlernen auf die Pause zu verschieben. Dann kommt sie auf den Prinzenball zu sprechen, ein großes Ereignis im Internat, das nur alle vier Jahre im Herbst stattfindet und traditionell von der Mittelstufe ausgerichtet wird.

Carlotta, Manu und Sofie gucken sich an. Natürlich haben sie schon einiges über diesen Prinzenball gehört.

In älteren Jahrbüchern haben sie Fotos von früheren Bällen entdeckt und von den Oberstufenschülern die wildesten Gerüchte darüber gehört. Carlottas Vater, der vor vielen Jahren selbst Schüler auf Prinzensee war, schwärmt heute noch davon.

„In diesem Jahr seid ihr gemeinsam mit dem neunten und zehnten Jahrgang für die Organisation zuständig. Das Wichtigste ist zuerst einmal ein passendes Motto für den Ball. Alles andere baut darauf auf."

Die Lehrerin macht eine Pause, die Sofie dazu nutzt, einen verträumten Seufzer in Julians Richtung zu schicken. Er sitzt schräg vor ihr. Sofie hat ihn seit dem Unterrichtsbeginn keine Sekunde aus den Augen gelassen.

Manu stupst sie mit dem Ellbogen an.

„Langsam wird's peinlich", raunt sie ihr zu.

Carlotta stimmt ihr zu. Sofie übertreibt wirklich ein bisschen. So ein Theater, nur weil Julian zufällig mit den englischen Prinzen zu Mittag gegessen hat und mit ihnen durch einen Park gelatscht ist. Als ob das automatisch einen interessanten Menschen aus ihm machen würde! Sie dreht sich gelangweilt auf ihrem Stuhl herum. Brendan winkt mit seinem Lineal. Carlotta lächelt ihm zu.

Als ihr Blick weiterwandert, sieht sie, dass die sehnsüchtigen Blicke fast aller Mädchen aus der Klasse auf Julian ruhen.

Wenn das so weitergeht, hat der bald Löcher in seinem Poloshirt, denkt sie und kichert.

Julian selbst lässt sich nichts anmerken. Er sitzt kerzengerade an seinem Platz und schreibt eifrig mit. Über seiner Stuhllehne hängt ein kariertes Jackett. Ein Jackett! Carlotta hat noch nie einen Jungen mit einem Jackett gesehen, außer ihren Cousin bei seiner Konfirmation, aber das zählt nicht.

„Irgendwelche Vorschläge für das Motto?", fragt Frau Berger, ein Stückchen Kreide in der Hand haltend.

„Die Zwergkaninchenpopulation des ausgehenden 18. Jahrhunderts", schlägt Brendan vor. Seine Freunde prusten und klatschen ihn ab.

Frau Berger schüttelt wenig begeistert den Kopf. „Ernsthafte Vorschläge, wenn ich bitten darf!"

„Hey, das war ernst gemeint!", protestiert Brendan.

Frau Berger würdigt ihn keines weiteren Blickes.

„Ja, bitte?", sagt sie, als Julian sich meldet.

„Was ist ein Motto?", fragt er.

„Eine Art Leitgedanke", erklärt Frau Berger. „Es

wird als Thema und Wahlspruch über dem Ball stehen."

„Der Wahlspruch im Wappen des Prince of Wales lautet ‚Ich diene'", erwidert Julian nachdenklich. „Schwebt Ihnen so etwas vor?"

Als Frau Berger antwortet, klingt ihre Stimme leicht gereizt. „Nein, eher nicht", erwidert sie. „Das Motto des letzten Balls war ‚Herbstzauber', das Thema davor lautete ‚Tanz der Schmetterlinge'. Am besten nennt ihr mir jetzt einfach mal eure Vorschläge und ich schreibe sie an die Tafel, damit wir abstimmen können."

Nach einigem Hin und Her steht schließlich eine Liste mit fünf verschiedenen Mottos an der Tafel:

1. Tausend und eine Nacht
2. Zauberhaft und magisch
3. Tanz der Vampire
4. Black and White
5. In einer Nacht um die Welt

Carlotta knabbert nachdenklich an ihrem Füller. Jeder einzelne Vorschlag hat etwas für sich. Sich für einen entscheiden zu müssen fällt ihr schwer. Spontan gefällt ihr der Tanz der Vampire am besten. Erstens mag sie Vampire, zweitens klingt es spannend, aber drittens –

und das sagt sie auch laut, als es zur Abstimmung kommt – müsste man sich passend zu diesem Thema stilecht verkleiden, damit es funktioniert.

„Wir wollen doch keinen Kostümball veranstalten, oder?“, fragt sie ihre Mitschüler. „Bei diesem Motto bleibt uns aber nichts anderes übrig, als uns als Vampire oder Fledermäuse zu verkleiden. Willst du vielleicht als blutarme Freundin von Robert Pattinson herumlaufen?“, wendet sie sich an Manu.

„Als diese blasse Bella Dingsbums? Örks, nee!“ Manu gibt ein eindeutiges Würgegeräusch von sich.

Bei der anschließenden Abstimmung fällt das Vampir-Motto zusammen mit zwei weiteren Vorschlägen durch. Übrig bleiben ‚Black and White‘ und ‚In einer Nacht um die Welt‘.

„Bei ‚Black and White‘ müssen alle Ballbesucher schwarz oder weiß gekleidet sein“, erläutert Brendan, der das Motto vorgeschlagen hat. „Auch die Deko muss schwarz-weiß sein.“

Carlotta findet die Idee zwar spitzenmäßig, aber ihre Stimme gibt sie trotzdem für die Weltreise ab. Prinzensee ist ein internationales Internat. Ein weltumspannendes Motto würde gut dazu passen.

„Wir könnten ein Büfett mit internationalen Spezialitäten machen", sagt Manu. Ihrem Gesichtsausdruck nach zu urteilen zeichnet sich die Speisekarte bereits deutlich vor ihrem inneren Auge ab.

„Denkst du eigentlich immer nur ans Essen?", stichelt Nadine.

„Klar", erwidert Manu trocken. „Es hilft mir bei der Stressbewältigung."

„Wann hast du denn Stress?" Nadine zieht eine sorgfältig gezupfte Augenbraue in die Höhe.

„Immer wenn ich mit dir in einen Raum gesperrt bin", antwortet Manu schlagfertig. „Also ziemlich oft."

Frau Berger beendet das Geplänkel mit einem kurzen Blick. Sie tippt mit der Kreide an die Tafel. „Lasst uns abstimmen. Das Motto, das ihr wählt, kommt mit den Vorschlägen der Neunten und Zehnten in einen Topf. Erst danach wird dann das endgültige Motiv bestimmt."

Mit knappem Vorsprung gewinnt Brendans Vorschlag. Zuerst ist Carlotta ein bisschen enttäuscht, aber je länger sie darüber nachdenkt, desto besser gefällt es ihr. Alles schwarz und weiß … das könnte durchaus interessant werden.

„Ich hab überhaupt nichts Weißes", brummt Manu.

„Oder soll ich vielleicht meine Turnierreithose anziehen?“

„Bis zum Herbst fällt dir bestimmt was anderes ein“, meint Carlotta. „Eine helle Jeans, Turnschuhe und ein weißes T-Shirt wirst du ja wohl zu Hause haben. Und falls nicht, nimmst du eben schwarz.“

„Vergesst bitte Jeans und T-Shirts“, mischt sich Frau Berger ein. „Und vor allem die Turnschuhe! Wir reden über einen festlichen Ball und als solcher verlangt unser Mottoball eine ganz besondere Kleiderordnung. Die Damen tragen lange Ballkleider, die Herren dunkle Anzüge. Eure Eltern bekommen einen Brief, in dem alles steht. Unser Prinzenball bleibt sicher nicht der einzige Anlass, zu dem ihr euch fein anzieht. Es schadet nicht, ein hübsches Kleid oder einen Anzug im Schrank zu haben. Denjenigen, die die Anschaffung der Ballkleidung scheuen, kann ich aber auch gerne einen Verleih empfehlen, der sich auf stilvolle Abendgarderobe spezialisiert hat.“

„Stilvolle Abendgarderobe?“ Manus Stimme überschlägt sich fast. „Ohne mich! Ich verzichte freiwillig!“

„Die Teilnahme am Ball gehört für euch alle dazu“, erwidert Frau Berger lächelnd. „Es ist immer wieder dasselbe. Zuerst wird gemurrt und gemeckert, aber wenn es endlich losgeht, sind alle begeistert. Bestimmt geht's dir genauso."

Manus Gesicht ist so fassungslos, dass Carlotta kichern muss. Als Frau Berger den nächsten Tagesordnungspunkt anspricht, bleibt ihr das Kichern allerdings im Halse stecken.

„Der Tanzunterricht für die Eröffnungspolonaise beginnt kommenden Donnerstag um 17 Uhr in der Gymnastikhalle." Die Lehrerin schiebt ihre Brille auf die Nasenspitze und mustert die Klasse. „Bis zum Ball habt ihr zwei Tanzstunden pro Woche. Die Teilnahme ist ein Muss. Es sei denn, ihr habt ein Attest, das euch verbietet euch tänzerisch zu betätigen."

„Tänzerisch betätigen?" Manu starrt Frau Berger an. „Das ist nicht Ihr Ernst, oder? Wir sollen tanzen lernen? So richtig Jungs und Mädchen? Mit Händchenhalten und Anfassen und so?"

Frau Berger nickt.

Die Mädchen stöhnen einstimmig auf. Bis auf die Barbies und einige andere, die ihre Köpfe zusammenstecken und begeistert tuscheln.

Die Jungs brechen auf ihren Plätzen zusammen. Nur einer hält sich vornehm zurück: Julian. Er setzt sich einen Tick gerader hin, reckt einen Finger in die

Höhe und verkündet mit strahlendem Gesicht: „Ich liebe Polonaisen!"

„Du hast sie doch nicht mehr alle!", blafft Manu ihn an.

„Ich darf doch sehr bitten!" Frau Berger hebt die Stimme und versucht die Klasse zu beruhigen.

„Können wir statt der Polonaise nicht vielleicht Videoclip-Dancing machen?", meldet Vicky sich zu Wort.

„Nein." Frau Berger seufzt. „Zum Prinzenball gehört eine Eröffnungspolonaise mit anschließendem Gesellschaftstanz. Die Tanzausbildung ist Bestandteil der Mittelstufenlehrpläne. Der Prinzenball ist eine festliche Angelegenheit. Er bereitet euch darauf vor, dass ihr euch später sicher in der Gesellschaft bewegen könnt."

„Die bescheuerte Gesellschaft kann mich mal!", schimpft Manu laut. „Das Affentheater mach ich nicht mit, ich schwör's!"

„Es reicht, Manuela!" Frau Bergers Miene wird frostig. Sie macht eine Notiz ins Klassenbuch. „Ich erwarte euch am Donnerstag um Punkt 17 Uhr in der Gymnastikhalle. Ein externer Tanzlehrer leitet die Ausbildung. Ich bin fest davon überzeugt, dass es euch gefallen wird, wenn ihr erst einmal die Grundschritte beherrscht."

„Ich scheiß auf die Grundschritte", schnaubt Manu leise.

Carlotta unterdrückt ein Kichern. Manu übertreibt echt. Der Tanzunterricht wird schon nicht so schlimm sein. Wer weiß, vielleicht hat Frau Berger Recht und er macht sogar Spaß.

„Warte doch erst mal ab", raunt sie Manu zu. „Motzen kannst du hinterher immer noch!"

Sofie nickt zustimmend.

„Ich motz, wann ich will", grummelt Manu.

Carlotta schüttelt den Kopf. Sie ist neugierig, wie das alles wird, und freut sich darauf. Dieser Prinzenball bietet wenigstens mal ein bisschen Abwechslung im Internatsalltag!

Als endlich der Pausengong ertönt, nimmt Frau Berger ihre Brille ab und reibt sich mit einer erschöpften Geste über die Augen.

Bestimmt hat sie Migräne, denkt Carlotta mitfühlend. Kein Wunder.

Nach einer kurzen Pause soll die Klasse eigentlich eine Doppelstunde Deutsch haben, doch statt Frau Dorsch biegt Frau Heselein um die Ecke.

„Guten Morgen“, sagt die junge Lehrerin, die zugleich Hausmutter der Mädchen ist. „Frau Dorsch hat sich krankgemeldet und fällt für ein paar Tage aus.“

„Juhu!“, jubelt Manu leise.

Carlotta knufft ihr in die Seite.

Frau Heselein lächelt, als hätte sie nichts bemerkt, und zieht einen Stapel Arbeitsblätter aus ihrer Tasche. „Sie hat mir die Aufgaben für die nächsten Tage gegeben. Ihr werdet also keinen Stoff versäumen. Für heute steht eine Grammatik-Stillarbeit auf dem Programm. Holt bitte eure Sachen heraus.“

„Grammatik?“ Manu lässt ihre Stirn auf die Tischplatte sinken und stöhnt auf. „Heute ist echt nicht mein Tag!“

Eine Sonne per E-Mail

Carlotta ist froh, als der lange Schultag endlich vorbei ist und im Schloss langsam Ruhe einkehrt. Das heißt, ruhig ist es an diesem Abend nicht in Zimmer 128. Nach wie vor macht Manu kein Geheimnis daraus, dass sie den bevorstehenden Tanzunterricht und den Ball als eine einzige Zumutung empfindet. Fast ununterbrochen schimpft sie auf die Internatsleitung, die etwas derartig Menschenverachtendes zulässt.

„Leben wir hier in einer Diktatur? Ich geh zu Brönne und beschwer mich offiziell! Und dann sag ich meinen Eltern, dass sie die Kohle kürzen sollen, die sie jeden Monat ans Internat abdrücken!"

Wie ein Springteufel hüpft sie in dem kleinen Zimmer hin und her und will sich nicht beruhigen lassen.

Carlotta findet das Theater, das sie veranstaltet,

ziemlich albern. Aber vernünftigen Argumenten ist Manu in diesem Zustand nicht zugänglich. Das weiß Carlotta aus Erfahrung.

Sofie liegt auf ihrem Bett und hält sich aus allem heraus. Nur ab und zu entweicht ihr ein leises Seufzen. Carlotta vermutet, dass sie an Julian und sein kariertes Jackett denkt. Aber muss sie dabei die ganze Zeit seufzen?

Carlotta ist leicht genervt. Um sich abzulenken, leiht sie sich Manus Laptop aus und verzieht sich an ihren Schreibtisch. Sie hat schon ewig ihre Mails nicht gecheckt. Mal sehen, ob's zu Hause etwas Neues gibt.

Während Manu zetert und grummelt, Sofie schmachtet und seufzt und nebenbei der Laptop langsam hochfährt, denkt Carlotta an den Herbstball. Dass sie ein langes Abendkleid anziehen und mit einem Jungen Walzer tanzen soll, kann sie sich noch nicht wirklich vorstellen. Aber wieso eigentlich nicht? Ist doch mal was anderes! Ihr Vater legt auch keinen gesteigerten Wert auf gesellschaftliche Ereignisse und Etikette, aber der Prinzenball muss damals ein echtes Highlight gewesen sein, wenn er heute noch davon schwärmt.

Wenn der das überlebt hat, schaff ich das wohl auch, denkt Carlotta.

Ihr Postfach begrüßt sie mit einem fröhlichen Pling und verkündet, dass sie 27 ungelesene Mails in ihrem Eingang hat. Na super!

Carlotta trennt Spam von Wichtigem und verschiebt alles Unwichtige ungelesen in den Papierkorb, bis nur noch drei Mails übrig bleiben. Eine ist von Katie, ihrer besten Freundin seit dem Kindergarten, eine von ihrer Mutter und die dritte von Niko. Er hat neulich nach ihrer Mailadresse gefragt. Wozu er sie haben wollte, hat er nicht verraten. Schließlich sehen sie sich jeden Tag, auch wenn er zwei Klassen höher ist. Sie könnten sich also jederzeit unterhalten, wenn sie wollten. Aber Carlotta hat ihm ihre Adresse trotzdem gegeben. Weil sie neugierig war, was er damit anfangen will. Und weil sie wissen wollte, ob er ihr tatsächlich schreiben würde. Als sie jetzt seinen Namen liest, pocht ihr Herz ein paar Takte schneller. Bestimmt ist es nur irgendetwas Belangloses; unwichtiges Zeug aus der Foto-AG, versucht sie sich einzureden. Ihr Herz hüpft trotzdem leicht beschleunigt weiter.

Mit purer Willenskraft gelingt es ihr, ihre Neugier zu bezwingen und zuerst die Mail von ihrer Mutter zu lesen. Heißt es nicht, dass man sich das Beste bis zum Schluss aufheben soll? Nikos Mail muss noch ein bisschen warten. Obwohl – wer sagt ihr, dass seine Mail die beste ist?

Egal, denkt Carlotta und öffnet entschlossen die Nachricht ihrer Mutter.

Sie ist kurz und beschränkt sich auf das Wesentliche:

Liebe Carlotta,
ich hoffe, es geht Dir gut?
Deine Brüder machen tolle Fortschritte im Klavierunterricht und lassen Dich ganz lieb grüßen. Steffen ebenso.
Da Dein Vater gerade in den Niederlanden ist, kannst Du das Heimfahrtwochenende in 14 Tagen gerne bei uns verbringen. Vielleicht können wir Dir dann ein schickes Ballkleid kaufen?
Ruf mich in den nächsten Tagen an. Am besten passt es Donnerstag- oder Freitagabend zwischen sieben und acht.
Küsschen!
Mama

Carlotta schiebt die Stirn in Falten. Offenbar ist der Brief von der Internatsleitung schon angekommen. Oder woher weiß ihre Mutter, dass sie ein Ballkleid braucht? Trotzdem klingt die Mail ein bisschen sehr knapp und geschäftsmäßig. Als wäre sie für ihre Mutter nicht mehr als ein Eintrag im Terminkalender. Das Wochenende wird zum Kleiderkauf genutzt und Anrufe finden nur zu bestimmten Zeiten statt. Kein einziges Wort, dass sie sich freut, dass ich bald nach Hause komme, denkt Carlotta. Zu blöd, dass Paps in Holland ist. Ich würde das Wochenende viel lieber bei ihm sein. Dann könnte ich Katie auch endlich mal wiedersehen.

Sie verschiebt die Mail mit einem gezielten Klick in den ‚Nilpferd-Family'-Ordner. Mit Nilpferd ist ihr Stiefvater gemeint, Steffen Mohr, der neue Mann an der Seite ihrer Mutter. Mit dem hat sie nach der Trennung von Carlottas Vater zwei weitere Kinder bekommen: Lennart und Lorenz, Carlottas Halbbrüder. Hin und wieder vermisst Carlotta die beiden schrecklich. Dabei hatte sie nie die Chance, sie wirklich kennenzulernen. Wie denn auch?

„Ich bin nur die große Stiefschwester, die alle paar Wochen mal zu Besuch kommt", murmelt sie leise.

Irgendwie hat sie das Gefühl, gar nicht richtig zur Familie zu gehören. Wenn sie mal zu Besuch ist, kommt sie sich fast wie ein Eindringling vor. Mit ihrem Vater ist das ganz anders. Sie beide sind ein eingespieltes Team, verstehen sich blind und haben zusammen endlos Spaß. Aber als freiberuflicher Dokumentarfilmer ist er immer viel unterwegs. Seine Weltreise ist zwar vorbei, doch für sein neues Projekt – er soll Kinospots für eine große Umweltschutzorganisation drehen – ist er schon wieder auf Achse. Diesmal in Amsterdam, dem Hauptsitz der Organisation, von wo aus er die Dreharbeiten organisiert.

Carlotta beneidet ihn ein bisschen. Sein Leben ist bunt und aufregend. Und doch wünscht sie sich manchmal, er wäre etwas sesshafter. Es würde vieles einfacher machen. Das nächste Heimfahrtwochenende zum Beispiel. Stattdessen steht plötzlich Kleiderkauf auf ihrem Programm. Bestimmt hat ihre Mutter schon eine der piekfeinen, teuren Boutiquen ins Auge gefasst, in denen sie Stammkundin ist. Auf die Zwillinge darf Carlotta bei der Gelegenheit garantiert auch wieder aufpassen.

„Ächz, stöhn …“, macht sie.

„Ist was?“ Manu hat sich beruhigt und es sich auf ihrem Bett gemütlich gemacht, wo sie ihr Lieblingsspiel auf dem Handy spielt. Es geht um ein virtuelles Pferd, das sie füttert und pflegt und mit dem sie an Turnieren teilnimmt. Manchmal spielt sie es so lange, bis der Akku leer ist.

„Nö, nix." Carlotta schüttelt den Kopf und wirft sich ein paar Gummibärchen in den Mund, bevor sie Katies Mail öffnet.

Hello, my one and only Carlotti-Karotti!
Was macht die Liebe? Gibt's was Neues im Verehrer-Casting? Hast Du Dein Herzblatt schon gewählt?
Ich bin gespannt, wer es ins Finale schafft!! B, N oder J ...
Halt mich auf dem Laufenden!
Deine Katie – wie immer mit supervielen Extra-Knuddel-Grüßen von hier nach da.
PS: Bei mir heißt die Frage gerade T wie Tino oder D wie Dennis. Beide sind supersüß. Mehr dazu, wenn Du in zwei Wochen kommst. Du kommst doch?

Kichernd schiebt Carlotta sich noch eine Handvoll Gummibärchen zwischen die Zähne und kaut genüsslich, bevor sie Katies Mail in den Katie-Ordner verschiebt. Das ist mal wieder typisch ihre beste Freundin! Immer witzig und chaotisch. Und dann diese Anspielung! B, N oder J ...

Woher soll ich das wissen?, denkt Carlotta. Dazu müsste ich erst mal hundertpro sicher sein, dass Brendan, Niko und Jonas wirklich in mich verknallt sind, was Katie, Manu und Sofie mir ständig weismachen wollen. Vielleicht bin ich ja nur ein ganz normales Mädchen für die? Eine Freundin, die man kennt und mit der man Spaß haben kann. Wer sagt was von Liebe? Niemand!

Carlotta lächelt. Wenn sie sich tatsächlich spontan für einen der drei Jungs entscheiden müsste, hätte sie ein echtes Problem. Jeder von ihnen hat was. Aber sie muss sich ja nicht entscheiden. Zum Glück.

Weil sie ihre Neugier nicht länger bremsen kann, beschließt sie, später auf Katies Mail zu antworten. Jetzt ist Niko dran! Ihr Finger schwebt über der Tastatur. Soll sie wirklich?

Klar, drängelt eine innere Stimme. Mach schon! Wetten, dass es sowieso nur irgendwas komplett Nebensächliches ist?

Carlotta bringt die Stimme zum Schweigen und öffnet die Mail. Ein Foto springt ihr entgegen. Bieneburg von oben, das erkennt sie an den charakteristischen Dächern der Kleinstadt. Das Bild muss am späten Abend oder ganz frühmorgens aufgenommen worden sein, und zwar vom Rathausturm, dem höchsten Punkt der Stadt. Im Hintergrund erhebt sich eine kreisrunde Sonne über einem dunstigen Wald. Sie sieht wie eine perfekte Orange aus und bringt das Bild zum Leuchten.

„Wow!“, entfährt es Carlotta. Sie ist von dem Foto so fasziniert, dass ihr nicht gleich auffällt, dass etwas daruntersteht. Als sie es bemerkt, lächelt sie.

Wenn Du willst, zeig ich es Dir.
Du musst Dich nur trauen.
N.

Zwei kurze Sätze und ein einzelner Buchstabe. Ach herrje …

Rund um Carlottas Bauchnabel breitet sich ein warmes Kribbeln aus. Sie soll sich trauen bei Sonnenauf- oder Sonnenuntergang mit Nikolas von Falkenstein heimlich auf den Bieneburger Rathausturm zu steigen? Niemals!

Als er das Foto aufgenommen hat, muss er sich aus dem Schloss geschlichen haben, so viel steht fest. Und zwar außerhalb der offiziellen Ausgangszeiten. Aber wie ist er auf den Turm gekommen? Hat er nicht gesagt, dass es nicht ganz legal ist?

Carlotta muss grinsen. Sie überlegt, ob sie einen neuen Ordner anlegen soll, einen Niko-Ordner.

Klar, warum nicht? Vielleicht schickt er ihr jetzt öfter Fotos.

Sie schreibt einen kurzen Antworttext:

Danke für die Sonne!
Ich überleg's mir, okay?
Carlotta

Ehe sie auf Absenden klickt, grübelt sie. Ist die Nachricht zu kurz? Zu lang? Zu unromantisch? Hm, gar nicht so einfach …

Sie setzt einen kleinen Smiley hinter ihren Namen. Damit sieht die Mail gleich ein bisschen netter und persönlicher aus. Dann schickt sie sie ab, bevor sie es sich noch einmal anders überlegen kann.

In ihren Ohren fiepst es. Weg ist weg. Zurückholen geht nicht.

Ob Niko vielleicht auch gerade an seinem Computer sitzt? Ob er ihre Mail sofort liest?

Hätte sie ein Foto mitschicken sollen?

Und überhaupt, was hat sie sich eigentlich dabei gedacht? Ich überleg's mir … Heißt das jetzt, dass sie ernsthaft darüber nachdenkt, sich heimlich mit Niko aus dem Schloss zu schleichen, um Fotos zu schießen? Nee, oder? Oder doch?

Sie stützt die Ellbogen auf den Schreibtisch, vergräbt ihr Gesicht in den Händen und stöhnt laut auf.

„Was ist jetzt schon wieder los?“, erkundigt Manu sich.

Sofie unterbricht ihre Träumereien und schaut verwirrt auf.

„Immer noch nix“, antwortet Carlotta matt und schiebt sich schnell eine Ladung Frustbärchen in den Mund. „Ich sag schon Bescheid, wenn was sein sollte.“

Tanzen mit Robert

Am Donnerstagnachmittag traben die Freundinnen durch den Park. Es ist Viertel vor fünf.

„Noch fünfzehn Minuten bis zur ersten und allerletzten Tanzstunde meines Lebens!“ Manu kickt einen Stein vom Weg.

Carlotta blinzelt in die Sonne. Viel lieber, als die nächsten zwei Stunden in der Gymnastikhalle zu verbringen, würde sie jetzt irgendwo am See sitzen. Vielleicht etwas lesen und anschließend ein paar Gummibärchenfotos machen. Oder einfach nur träumen und das herrliche Wetter genießen.

Ein lauter Ruf, gefolgt vom rostigen Quietschen einer Fahrradbremse, reißt sie unsanft aus ihren Gedanken.

„Hi, ihr drei!“

Carlotta, Sofie und Manu drehen sich auf dem schmalen Weg um und bleiben stehen.

„Hi, Jonas!“ Carlotta freut sich, den Sohn des Hausmeisters zu sehen. Seit das Schuljahr angefangen hat, haben sie sich kaum gesehen. Und wenn sie sich doch mal zufällig über den Weg gelaufen sind, waren sie irgendwie immer im Stress und hatten nicht viel Zeit zum Quatschen.

„Was geht ab?“ Jonas pustet sich eine verirrte Haarsträhne aus der Stirn.

Seine Haare werden immer länger, stellt Carlotta fest. Aber es steht ihm. Genau wie das freche Grinsen, bei dem seine Schneidezähne aufblitzen. An einem davon fehlt eine kleine Ecke. Jonas hat ihr mal erzählt, dass er als kleiner Junge über einen Fahrradlenker geflogen ist und sich dabei den Zahn abgebrochen hat. Er hat nicht vor, es richten zu lassen. Er betrachtet es als eine Art persönliches Markenzeichen – genau wie die Angel, die er in der Hand hält.

„Wir haben gleich Tanzstunde.“ Carlotta verkneift sich ein Lachen. Jonas' Gesicht spiegelt blankes Entsetzen wider.

„Du meinst Walzer, Tango und so was? Ist das dein Ernst? Ist das freiwillig oder gibt's dafür Sonderurlaub?“

„Weder noch“, antwortet Manu. „Wir werden unter Androhung schrecklicher Konsequenzen dazu gezwungen, weil es für unseren weiteren gesellschaftlichen Lebensweg gut sein soll!“

Jonas prustet.

Sofie schaut in die Ferne und lächelt, als ginge das alles sie nichts an. Im Gegensatz zu Manu fiebert sie dem Tanzkurs seit Tagen entgegen und kann es kaum erwarten, die ersten Grundschritte einzustudieren. Carlotta vermutet, dass sie sich bereits an der Seite von Julian durch den Tanzsaal schreiten sieht. Sogar ein Ballkleid hat sie sich schon ausgesucht. Sie hat es in einer der Modezeitschriften entdeckt, die sie regelmäßig liest, und ihrer Patentante in Belgien sofort den Auftrag gegeben, es zu besorgen. Das Kleid ist ein echter Traum in Weiß, mit sehr viel Spitze, Tüll und einem tiefen Ausschnitt. Manu wäre fast kollabiert, als Sofie ihr das Bild gezeigt hat. Carlotta fand es dagegen genau richtig für Sofie.

„Sorry, wir müssen uns ein bisschen sputen“, sagt Carlotta zu Jonas und zupft gleichzeitig Sofie am Ärmel, um sie aus ihrer verträumten Starre zu lösen. „Sonst kommen wir zu spät.“

„Hey, können wir nicht tauschen?“, wendet Manu

sich an Jonas. „Du gehst für mich zum Tanzunterricht und ich halte in der Zwischenzeit für dich die Angel ins Wasser. Wenn ich was fange, darfst du's behalten. Einverstanden?"

Lachend schwingt Jonas sich in den Sattel seines Mountainbikes. „Nee, vergiss es. Viel Spaß und herzliches Beileid, Mädels!", ruft er über die Schulter und winkt, dann ist er hinter der nächsten Wegbiegung verschwunden.

„Der hat's echt gut", murrt Manu und setzt sich in Bewegung.

Carlotta stimmt ihr zu. Je näher sie der Gymnastikhalle kommen, desto flauer wird das Gefühl in ihrer Magengrube. Hoffentlich ist wenigstens die Musik erträglich und der Tanzlehrer nett.

„Herzlich willkommen zu unserem Grundkurs!" Ein drahtiger Typ mit zurückgekämmtem Haar und sonnengebräuntem Gesicht schreitet vor den Mädchen und Jungen auf und ab und freut sich so offensichtlich sie zu sehen, dass Carlotta und Manu ein Kichern kaum unterdrücken können. Sofie runzelt die Stirn und zischt ihnen ein leises „Psst!" zu, aber das macht es nur noch schlimmer.

Manus Gesicht ist knallrot. Carlotta wischt sich eine Lachträne aus dem Augenwinkel. Der Tanzlehrer sieht aus wie ein Pfau und er bewegt sich auch so. Wie soll man da ernst bleiben?

Durch die deckenhohen Fenster fällt Sonnenlicht in die Gymnastikhalle und malt verschwommene Kringel auf den Boden. Carlotta wirft immer wieder sehnsüchtige Blicke hinaus. Hinter der Wiese, von hohen Bäumen halb verborgen, glitzert der See. Ein Schwanenpaar hockt am Ufer und putzt sich das Gefieder. Als plötzlich die Tür aufgerissen wird, zuckt sie zusammen.

„'tschuldigung", sagt eine Stimme. „Wir hatten noch AG."

Ein Pulk Jungs schiebt sich polternd in den Raum und stellt sich zu den anderen. Einer von ihnen schaut sich suchend um. Nikolas! Hilfe, was will der denn hier? Unwillkürlich zieht Carlotta den Kopf ein. Sie weiß eigentlich gar nicht, wieso; es passiert einfach.

Als Niko sie entdeckt und winkt, ringt Carlotta sich ein Lächeln ab. Siedend heiß fällt ihr ein, dass er auch in der Mittelstufe ist. Das bedeutet nicht nur, dass ihre Klassen zusammen den Ball organisieren, sondern auch, dass sie zusammen tanzen lernen. Wie konnte sie das nur vergessen?

Carlotta schluckt. Die Vorstellung, Niko aufgrund absoluter Talentlosigkeit beim Tanzen auf die Füße zu treten, löst auf der Stelle einen leichten Fluchtreflex aus, dem sie zu gerne nachkommen würde. Aber alle Türen sind verschlossen. Der Tanzlehrer, seine Assistentin und Frau Berger lassen die Schüler nicht aus den Augen. Keine Chance, sich zu verkrümeln.

Robert Räpple – „Vorne R und hinten Äpple“, wie sich der Tanzlehrer vorstellt – schwärmt davon, wie wunderbar es ist, tanzen zu können. Er geht zu der Musikanlage, die in einem Nebenraum der Halle untergebracht ist. „In diesem Grundkurs befassen wir uns mit Foxtrott, langsamem Walzer, Wiener Walzer, Disco Fox, Rumba, Cha Cha Cha und Jive. Alle diese Tänze sind Teil des offiziellen Welttanzprogramms. Heute beginnen wir mit dem Foxtrott.“

Er legt eine CD in den Player, drückt auf ein paar Knöpfe und huscht in die Halle zurück, wo Fabienne, seine junge Assistentin, schon auf ihn wartet. Fabienne ist gertenschlank und hübsch wie ein Model. Ihre schulterlangen rabenschwarzen Haare hat sie zu einem Pferdeschwanz zusammengebunden. Als Herr Räpple sich vor ihr in Positur stellt und leicht verneigt, lächelt sie. Kurz darauf ertönen die ersten Takte eines bekannten Schlagers und das Paar beginnt zu tanzen.

„Ach du Scheiße!“, entfährt es Manu.

Die Jungs pfeifen und klatschen, als das Paar an ihnen vorbeischwebt. Robert und Fabienne verziehen keine Miene – abgesehen von dem unnatürlichen Grinsen, das auf ihren Gesichtern festgefroren zu sein scheint. Carlotta vermutet, dass sie mit diesem Dauerstrahlen ausdrücken wollen, dass sie gerade ganz viel Spaß haben. Sie wendet sich an Manu und Sofie: „Gehört es etwa dazu, dass man die ganze Zeit so blöd guckt?“

„Garantiert!“ Manu gibt ein würgendes Geräusch von sich.

Sofie, die neben ihr steht, schaut dem Paar fasziniert hinterher, das kreuz und quer durch die Halle schwebt und dabei kein einziges Mal aus dem Takt kommt geschweige denn stolpert.

„Mon Dieu!“, haucht sie.

„Das kannst du laut sagen!“, knurrt Manu.

Carlotta kaut nervös auf der Unterlippe. Sie ist sich

sicher, vor einer der größten Blamagen ihres bisherigen Lebens zu stehen. Niemals wird sie sich auch nur ansatzweise so schwerelos bewegen können wie diese Turbo-Tanzmaus Fabienne. Ausgeschlossen! Egal wie lange sie dafür übt. Aus ihrer Kehle steigt ein heiseres Krächzen. Wie kommt man am schnellsten an ein Attest? Irgendetwas muss es da doch geben! Vielleicht sollte sie gleich beim ersten Takt stolpern und sich den Fuß verstauchen. Oder wäre das zu auffällig?

Als die letzten Takte der Musik verklingen, stöhnt sie auf. Es geht los. Oh Hilfe!

Frau Berger strahlt mit Fabienne und Robert um die Wette.

„Wir üben die Schrittfolge zuerst einmal solo“, sagt der Tanzlehrer. „Verteilt euch über den Raum und achtet darauf, dass ihr ausreichend Abstand zu euren Nachbarn haltet. Darf ich bitten?“

Zögernd verteilen sich die Mädchen und Jungen in der Halle. Einige von ihnen kichern. Die Barbies tuscheln miteinander.

Zufällig fängt Carlotta Brendans Blick auf. Er zwinkert ihr zu und lächelt. Auch das noch!

„Die Herren starten mit dem linken Fuß vorwärts, die Damen mit dem rechten rückwärts!“ Herr Räpple und Fabienne stellen sich nebeneinander und machen die Schrittfolge langsam vor. „Die Herren vorwärts, vorwärts, Seit-Schluss. Die Damen rückwärts, rückwärts, Seit-Schluss. Bitte sehr!“

„Wie, ohne Musik?“, fragt Manu.

„Die schalte ich später dazu“, erklärt der Tanzlehrer. „Wenn ihr den Grundtakt sauber beherrscht.“

„Grundtakt, soso …“, murmelt Manu wenig überzeugt.

Carlotta startet mit dem rechten Fuß und macht einen langen Schritt rückwärts. Danach kommt der linke Fuß und ein Seit-Schluss, bevor sie mit dem rechten Fuß einen kleinen Schritt nach rechts machen und dann den linken wieder neben den rechten Fuß stellen muss. Schon beim ersten Versuch kommt sie total durcheinander und flucht unterdrückt. Ein kurzer Blick zur Seite zeigt ihr allerdings, dass es den anderen ähnlich geht.

Manu stapft vollkommen undynamisch auf der Stelle, während die Barbies über ihre eigenen Füße stolpern und dabei hysterisch quietschen. Nur Sofie scheint mit den Bewegungsabläufen kein Problem zu haben. Nach wenigen Minuten beherrscht sie den Grundschritt schon fast perfekt. Robert legt eine neue

CD in den Player. Zum Glück kein Schlager, sondern Pop. Carlotta atmet erleichtert auf.

Nicht nur Sofie, auch Julian scheint das Tanzen im Blut zu liegen, bemerkt sie, als die ersten Takte erklingen. In seiner dunklen Hose, dem taillierten weißen Hemd und den schicken schwarzen Lackschuhen könnte er als der kleine Bruder von Robert Räpple durchgehen. Oder als sein Sohn. Auf jeden Fall scheinen beide auf einer Wellenlänge zu liegen. Während Julian mit viel Hüftschwung und lässiger Eleganz ein ums andere Mal den Foxtrott-Grundschritt zeigt, steht Robert daneben und lobt ihn für sein Rhythmusgefühl.

Zu Carlottas Verwunderung besitzt Nikolas anscheinend auch eine Menge von diesem seltsamen Rhythmusgefühl. Als sie zu ihm herüberschaut, bewegt er sich wie selbstverständlich im Takt und es sieht kein bisschen blöd aus. Wahrscheinlich passen seine schulterlangen Dreads nicht gerade zum offiziellen Welttanzprogramm und auch sein Kapuzenpulli und die ausgebeulte Cargohose können mit Julians schickem Outfit nicht ganz mithalten, aber tänzerisch scheinen die beiden Jungs Naturtalente zu sein.

Und sie sehen sogar aus, als hätten sie Spaß daran, sich so zur Musik zu bewegen. Unglaublich!

Am Ende der Doppelstunde ist Carlotta in Schweiß gebadet. Niemals hätte sie es für möglich gehalten, dass Tanzen so anstrengend und kompliziert ist! Bei anderen sieht es immer total leicht und schwerelos aus. Wie kann das sein? Dabei haben sie heute noch nicht mal richtig getanzt, sondern nur die Grundschritte geübt. Immer wieder. Mal mit Musik, mal ohne; mal langsam, mal schnell. Trotzdem ist Carlotta sich ziemlich sicher morgen an den unmöglichsten Stellen ihres Körpers Muskelkater zu haben. Und eine Dusche braucht sie auch, und zwar dringend! Sie wischt sich ihre Ponyfransen aus der Stirn und leckt sich über die Lippen. Jetzt was Kaltes zu trinken, das wär's. Am besten etwas mit klirrenden Eiswürfeln darin. Oh ja!

„Willst du einen Schluck?“

Wie aus dem Nichts ist Brendan plötzlich vor ihr aufgetaucht und reckt ihr eine Flasche mit einer undefinierbaren Flüssigkeit entgegen. Er grinst, als er ihren skeptischen Blick bemerkt. „Keine Angst, ich will dich nicht vergiften. Das ist Iso mit Grapefruit. Du siehst aus, als könntest du einen Durstlöscher vertragen.“

„Stimmt. Danke.“ Lachend nimmt Carlotta das Getränk entgegen und trinkt einen großen Schluck.

„Hat’s dir Spaß gemacht?“ Brendan wirft ihr einen forschenden Blick zu.

Carlotta gibt ihm die Flasche zurück.

„Na ja, Spaß nicht direkt“, gibt sie zu. „Und dir?“

„Och, gibt Schlimmeres.“ Mit einem Lächeln dreht er sich um und trabt zu seinen Freunden zurück.

Carlotta schlendert langsam zu Sofie und Manu, die am Hallenausgang auf sie warten. Sofie hält die Luft an, als Julian um die Ecke biegt und genau auf sie zukommt.

„Bonjour“, sagt sie und klimpert mit den Wimpern, aber er nickt ihr nur zu und geht weiter.

„Ciao, Carlotta.“ Niko schiebt sich mit seinen Freunden an den Mädchen vorbei und tippt dabei ganz kurz auf Carlottas Schulter. Obwohl es nicht mehr als eine flüchtige Berührung war, zuckt sie zusammen, als hätte sie sich verbrannt. „Wir sehen uns morgen in der AG.“

„Ähm, ja, klar.“ Sie würde am liebsten auf der Stelle im Erdboden versinken. Wieso fällt sie eigentlich nicht gleich in Ohnmacht, sobald Niko auftaucht? Viel peinlicher als ihr blödes Gestammel wäre es auch nicht. Noch dazu, wo sie gerade wie ein verschwitzter Wischmopp mit Segelohren aussieht! Ein Blick in eine spiegelnde Fensterscheibe lässt sie aufstöhnen. Himmel, wieso hat denn keiner was gesagt? Ihre Haare sind total zerzaust und ihr Gesicht glüht wie eine frittierte Tomate!

„Ich geh duschen", sagt sie zu Sofie und Manu und stapft mit großen Schritten voraus in Richtung Schloss.

Am Abend hat sie sich von den Strapazen erholt. Ein entspannendes Duschbad mit extra viel Schaum und das leckere Abendbüfett haben ihren Teil dazu beigetragen. Jetzt liegt sie auf ihrem Bett und will gerade eine SMS an Katie in ihr Handy tippen, als es sich plötzlich mit den ersten Takten eines Popsongs meldet.

„Dad is calling", verkündet das blau leuchtende Display.

„Hallo, Superdad!", meldet Carlotta sich.

Ihr Vater antwortet mit einem Lachen.

„Hallo, Supertochter! Wie geht's? Was macht die Kunst? Und die Liebe und das Leben?"

„Alles klar so weit. Und bei dir? Bist du noch in Amsterdam?"

„Ja, bis übernächste Woche noch, mindestens. Mama hat mir erzählt, dass du das Heimfahrtwochenende bei ihr verbringst. Ich hoffe, das ist okay für dich?

Ich hab wirklich sauviel um die Ohren und muss vielleicht noch ein paar Tage dranhängen."

Carlotta wackelt mit den Zehen. „Klar, mach dir keine Gedanken", sagt sie großzügig, bevor sie sich nach den Filmarbeiten für die Werbespots erkundigt.

„Die laufen prima", erwidert ihr Vater. „Morgen machen wir einen Hubschrauberflug über die Nordsee, dann sind die Außenaufnahmen abgeschlossen."

„Verflieg dich nicht", grinst Carlotta.

„Ich werde mich bemühen", antwortet ihr Vater. Im Hintergrund sind Stimmen und Geräusche zu hören. Carlotta spitzt die Ohren. Es hört sich an, als wäre ihr Vater in einer Kneipe. Eine Frau ruft etwas. Es klingt wie ‚Srattje'.

„Ich muss Schluss machen", sagt ihr Vater plötzlich. „Ich bin hier gerade mit ein paar Kollegen zusammen."

„Na dann viel Spaß", wünscht Carlotta ihm, immer noch grinsend. „Und bis bald."

„Bis bald, Tochterherz!"

Carlotta drückt auf die kleine rote Taste und schüttelt den Kopf. „Srattje … Was für ein Name!", sagt sie zu sich.

„Das ist kein Name", meint Sofie. Sie sitzt an ihrem Schreibtisch und übersetzt einen Text für den Französsischunterricht. „Es bedeutet Schätzchen im Niederländischen."

„Schätzchen?" Carlotta runzelt die Stirn. „Bist du sicher?"

„Naturellement", nickt Sofie. „Es wird schatje geschrieben, aber *srattje* ausgesprochen. Dein Vater ist doch gerade in den Niederlanden, oder?"

„Ja", antwortet Carlotta nachdenklich. Aber wieso sollte eine fremde Frau ihren Vater Schätzchen rufen? Nee, Blödsinn. Sie winkt ab. „Bestimmt war er gar nicht gemeint. Oder ich hab mich verhört."

„Oder er hat eine holländische Freundin." Manu wirft ihr einen Schokoriegel an den Kopf und grinst.

„Aua! Danke." Carlotta wickelt die Schokolade aus und beißt ein Stück ab.

Papa und eine holländische Freundin? Nee, ausgeschlossen! Andererseits … warum eigentlich nicht? Er und Mama sind schon ziemlich lange auseinander. Er sieht gut aus, ist nett, hat einen tollen Beruf – „Und eine Tochter, die nicht stört, weil sie weit weg in einem Internat lebt", murmelt Carlotta. Sie verputzt den Rest des Schokoriegels mit einem einzigen Happs und widmet sich der SMS an Katie, deren Inhalt sie der neuen Situation blitzschnell anpasst:

Hilfe! Ich glaub, mein Vater hat eine Freundin!
Was jetzt??
Lg C.

Katies Antwort lässt nicht lange auf sich warten:

Bleib cool!
Auch Väter haben ein Recht auf Sex.
Oder hast du ein Problem damit??
Hdl, Küsschen, K.

Carlotta starrt auf das Display. Sex in Amsterdam! Mit einer Frau, die spricht, als hätte sie eine chronische Halsentzündung! Ach, du grüne Neune!

Tennisbälle und Poloponys

Die nächsten Tage flitzen im Eiltempo dahin. Carlotta weiß gar nicht, wo ihr der Kopf steht. In der Schule gibt es unglaublich viel zu tun. Eine Klausur jagt die nächste, der Tanzunterricht hält sie in Atem, in der Foto-AG hat sie gemeinsam mit Niko ein neues Projekt zum Thema Tilt-Shift-Fotografie mit Gummibärchen angefangen … Es bleibt kaum Zeit, sich um das Liebesleben ihres Vaters Gedanken zu machen. Oder eine Antwort auf die Frage zu finden, warum eine fremde Holländerin ihm ein neckisches Kosewort zugerufen hat.

Außerdem steht das Heimfahrtwochenende vor der Tür. Übermorgen geht's schon los. Am liebsten würde Carlotta absagen und freiwillig im Internat bleiben, um mal wieder richtig auszuschlafen und ein bisschen zu chillen. Dass sie bei ihrer Mutter, dem Nilpferd und den Zwillingen dazu kaum Gelegenheit haben wird, steht fest. Wie denn auch, in einem Haushalt mit zwei kleinen Jungs und einem Mann, der so laut und polterig ist wie der Neue von ihrer Mutter?

Und dann noch der Einkaufsbummel! Carlotta wird jetzt schon ganz anders, wenn sie nur daran denkt. Von ihrer Mutter von einer Boutique in die nächste geschleppt zu werden gehört eindeutig nicht zu den Dingen, die sie einem erholsamen und entspannten Wochenende zuordnen würde, ganz im Gegenteil.

Wenigstens steht das Motto des Balls inzwischen fest, was den Einkaufsbummel deutlich überschaubarer machen wird. Die anderen Klassen haben dem Black-and-White-Thema zugestimmt. Damit sind der Auswahl der Kleidung gewisse Grenzen gesetzt. Rosa, Hellblau und ähnliche Barbie- und Bonbonfarben fallen zu Carlottas Erleichterung schon mal weg. Bleiben nur noch Schwarz und Weiß. Wie Carlotta ihre Mutter kennt, wird sie trotzdem jeden in Frage kommenden Laden ansteuern und sie hundert verschiedene Kleider anprobieren lassen. Schließlich muss man vergleichen. Und am Ende entscheidet sie dann wahrscheinlich ganz allein, welches Kleid gekauft wird.

Carlotta seufzt, während sie schmutzige Wäsche in ihre Reisetasche wirft.

„Du hast es gut", sagt sie zu Sofie. „Du hast schon ein Kleid."

Sofie nickt. Ihre Patentante hat das Ballkleid aus dem Magazin bestellt und es ihr geschickt. Obwohl der Preis reduziert war, war es unverschämt teuer. Sofie bekommt es als vorzeitiges Geburtstagsgeschenk. Es hängt in einem edlen Kleidersack an ihrer Schranktür. Mindestens einmal am Tag holt sie es heraus, um es zu bewundern. Natürlich hat sie es auch schon anprobiert und ihren Freundinnen vorgeführt.

Manu findet, dass Sofie in ihrem Kleid wie eine kleine Fee kurz vor der Hochzeit aussieht. Sie selbst hat noch keinen Gedanken an ihr Outfit verschwendet. Als Carlotta sie fragt, ob sie am Wochenende nach Hause fährt, um sich dort ein Kleid zu kaufen, schüttelt sie den Kopf.

„Nö, wozu? Ich glaub, meine Eltern haben den Brief noch nicht gekriegt. Gesagt haben sie jedenfalls noch nichts. Ich hoffe, das bleibt so."

„Aber dann wirst du kein Ballkleid haben", wendet Sofie ein.

Manu grinst. „Ganz genau, du Superhirn! Unpassende oder nicht vorhandene Festkleidung ist garantiert ein Ausschlusskriterium. Kein Kleid – kein Ball. Perfekt!“

Carlotta zieht lachend den Reißverschluss ihrer Reisetasche zu. „Ich wette, Frau Berger schleppt dich in letzter Sekunde höchstpersönlich zu diesem Klamottenverleih, von dem sie gesprochen hat. Oder sie leiht dir ein schickes Kleid aus ihrer Privatgarderobe. Auf keinen Fall wird sie zulassen, dass du nicht am Prinzenball teilnimmst!“

„Es sei denn, ich besorge mir ein ärztliches Attest“, erwidert Manu.

„Und wie willst du das machen?“, fragt Carlotta.

„Weiß ich noch nicht“, gibt Manu zu. „Aber mir fällt schon was ein.“

Carlotta schiebt ihre Reisetasche unters Bett und zieht danach ihre zusammengeknäuelten Sportsachen aus einer Kommodenschublade. Dank des neuen Stundenplans haben sie zwei zusätzliche Nachmittagsstunden Sport aufgebrummt bekommen. Zusammen mit den Tanzstunden und der Foto-AG bedeutet das, dass sie jetzt keinen einzigen freien Nachmittag mehr zur Verfügung hat. Begleitet von einem Seufzen wirft sie Socken, Shirt, Turnhose und Schuhe in ihren

Rucksack. Ein Handtuch und Duschgel legt sie obenauf.

„Kommt ihr?“, fragt sie Manu und Sofie.

Die drei springen aus ihrem Zimmer, die Schlosstreppe hinunter und laufen anschließend quer durch den Park. Die Sonne hat sich hinter einer Wolke verkrochen. Frischer Ostwind bläst über den See. Carlotta zieht fröstelnd die Schultern hoch. Der Gedanke, sich gleich sportlich betätigen zu müssen, bringt sie zum Gähnen. Sie ist so müde, seit Tagen schon. Ob sie vielleicht krank wird?

Dann müsste ich am Wochenende nicht nach Hause, überlegt sie. Ich könnte von Freitagmittag bis Montag früh im Bett bleiben und einfach nur schlafen. Zwischendurch würde ich lesen oder Löcher in die Luft starren. Und niemand könnte etwas dagegen sagen. Krank ist krank.

Mitten auf dem Weg bleibt sie stehen.

„Seh ich irgendwie anders aus?“, fragt sie Manu und Sofie. „Vielleicht blasser als sonst? Hab ich Punkte im Gesicht? Dunkle Ringe unter den Augen? Irgendwas in der Art?“

Manu und Sofie starren sie an.

Sofie schüttelt den Kopf.

„Nö“, meint Manu. „Alles wie immer.“

„Schade.“ Carlotta schluckt. Ist da nicht ein verdächtiges Kratzen in ihrem Hals? Nein, leider nicht. Alles im grünen Bereich. Keine Erkältung im Anmarsch.

„Geht es dir nicht gut?“ Sofie macht ein mitfühlendes Gesicht. „Sollen wir dich beim Sport entschuldigen?“

„Nee, geht schon.“ Carlotta trabt weiter und gähnt. „Ich bin einfach nur müde.“

„Kein Wunder, wenn du spätabends noch mit Niko im Fotolabor rumhängst. Ist das überhaupt erlaubt?“ Manu läuft grinsend neben ihr her.

Carlotta lacht. Nur weil sie gestern Abend mit Nikolas verabredet war, um ein paar technische Details zu besprechen, heißt das nicht, dass da irgendwas war. Und wennschon. Geht doch niemanden was an, oder?

„Wir hatten die Erlaubnis, außerhalb der AG an unserem Projekt zu arbeiten. Und wir waren nicht allein. Beruhigt dich das?“

„Nicht wirklich.“ Manu grinst weiter.

Carlotta gibt ihr einen Knuff.

Eigentlich schade, dass wir nicht allein waren, denkt sie und lächelt verträumt. Musste sich ausgerechnet gestern Abend eine Gruppe Oberstufenschüler im Fotolabor treffen, um eine Zeichentrickfilmsequenz zu drehen? Niko war darüber genauso überrascht wie sie, das hat sie genau gesehen. Trotzdem hat es Spaß gemacht. Niko hat ihr sein Tilt-Shift-Objektiv geliehen. Die Miniaturgummibärchen, die sie damit aufgenommen hat, sind der Hammer.

Bei dem Gedanken daran bessert sich ihre Laune sofort. Mit Niko zu fotografieren ist toll. Sie müssen nicht viel reden; sie verstehen sich auch ohne viele Worte, einfach nur mit Blicken. Und diese Blicke haben es ziemlich in sich. Wie kann ein Junge nur solche Augen haben? Dunkelbraun wie Nugat. Mit langen, dichten Wimpern und einem Ausdruck, der mal verträumt, mal traurig und dann wieder total frech ist. Unglaublich!

Sie schlüpft mit den anderen in die Sporthalle und zieht sich rasch um.

„Hopp, hopp, ihr Mädchen!" Der Spargel klatscht in die Hände. „Sind wir vollzählig? Fein. Jeder nimmt sich einen Schläger und zwei Bälle und sucht sich einen Partner. Tennis spielt man zu zweit."

„Tennis?" Manu macht ein Gesicht, als hätte der Sportlehrer von Eishockey in Unterwäsche gesprochen.

Der Spargel nickt und erzählt etwas von Auge-Hand-Koordination, Kondition und Schnelligkeit. Seine Augen sprühen vor Begeisterung.

Manu winkt ab. „Schon gut, danke. So genau wollte ich's gar nicht wissen."

Carlotta nimmt sich einen Tennisschläger und zwei kanarienvogelgelbe Filzbälle aus einem Korb. Als sie sich umdreht, steht Brendan vor ihr.

„Wollen wir zusammen spielen?", fragt er.

Carlotta zögert. Brendan ist eine echte Sportskanone. Der haut ihr garantiert die Bälle um die Ohren, bis sie Sternchen sieht!

„Hm, ich weiß nicht", sagt sie und sucht fieberhaft nach einem stichhaltigen Gegenargument.

Brendan lacht. „Los, komm schon! Gib dir einen Ruck!"

„Ist doch perfekt!" Manu nickt Carlotta zu. „Dann spiel ich mit Sofie."

Sofie steht neben ihr und hat nur Augen für Julian, der etwas abseits auf einer Bank hockt. Er trägt weiße Schweißbänder an den Handgelenken und ein breites Stirnband aus Frottee.

„Will der sich etwa für Wimbledon qualifizieren?", prustet Carlotta.

Sofie wirft ihr einen vorwurfsvollen Blick zu. „Im neuen Jahrbuch steht, dass seine Hobbys Tennis, Polo, Golf und Schach sind“, zischt sie. „Ich wette, er ist gut darin.“

„Ja klar. Genau wie in seinen anderen Hobbys: gepflegte Konversation und gutes Essen.“ Carlotta kichert. Das Jahrbuch, in dem der Neue vorgestellt wird, liegt druckfrisch auf ihrem Schreibtisch. Julians Eintrag klingt in ihren Ohren ziemlich protzig.

Sofie dreht sich um und stapft beleidigt davon. Manu läuft hinter ihr her.

Carlotta stöhnt leise auf. Sieht aus, als bliebe ihr nichts anderes übrig, als Brendans Angebot anzunehmen. Es sei denn, sie würde mit einer der Barbies spielen. Die sind auch zu dritt und suchen noch eine Freiwillige. Nee, alles, bloß das nicht!

„Okay“, sagt sie zu Brendan, der immer noch auf eine Antwort wartet. „Dann mal los!“

Zehn Minuten später hat sie noch keinen einzigen Ball getroffen. Dabei sollen sie nur den Aufschlag üben und die Bälle locker hin und her schlagen. Locker? Von wegen!

In Gedanken fügt Carlotta der Liste der Sportarten,

für die sie nicht geeignet zu sein scheint, eine weitere hinzu. Ganz oben steht Rudern, gleich darunter Geräteturnen. Tennis kommt an dritter Stelle, dicht gefolgt vom Tanzen. Obwohl – in der letzten Tanzstunde hat sie sich gar nicht so blöd angestellt. Zwar sind sie über die Grundschritte noch nicht hinausgekommen, aber die beherrscht sie inzwischen ganz gut. Sogar mit Partner und Musik. Zuerst war es ziemlich komisch, mit einem Jungen zu tanzen, aber zum Glück wurde sie mit Felix zusammengetan und nicht mit Niko oder Brendan. Mit einem von den beiden wäre sie vielleicht nicht ganz so cool geblieben. Mit Brendans bestem Freund Felix ging's aber ganz gut. Er ist einen halben Kopf größer als sie, hat kurze Haare und lustige Augen. Mal ist er ihr auf den Fuß getreten, mal sie ihm. Ausgleichende Gerechtigkeit nennt man das wohl. Carlotta grinst.

„Hey, spielst du noch mit?" Brendan lässt seinen Schläger sinken.

„Äh, was? Ja, klar!" Sie wirft einen Tennisball in die Luft und versucht ihn in Brendans Richtung zu schlagen. Leider ist der Ball viel schneller auf der Erde, als sie ihn treffen kann. Ob das an der Schwerkraft liegt? Oder ist sie zu langsam? Braucht sie vielleicht eine Brille? Oder hapert es nur an der Auge-Hand-Koordination?

Brendan stöhnt auf. Carlotta kann es ihm nicht verdenken. Er steht die meiste Zeit nur herum, während sie sich abmüht. Dabei sieht es bei den anderen ganz einfach aus. Sogar Manu und Sofie schaffen es, ihre Bälle mehr oder weniger gleichmäßig hin und her zu schlagen. Und Vicky und Simone auch.

Kein Wunder, denkt Carlotta. Die spielen auch zu Hause im Verein.

Nur Nadine stellt sich auch ziemlich doof an, registriert sie nebenbei. Und noch einer: Prinz Julian. Der bringt es sogar fertig, bei jedem Versuch, den Ball zu treffen, seinen Schläger fallen zu lassen! Der Spargel gerät an den Rand der Verzweiflung, als er es sieht.

„Was für ein Körperklaus", grinst Brendan.

Carlotta ist sich nicht sicher, wen er meint – Julian oder den Spargel –, aber Recht hat er: Geschicklichkeit und Eleganz sind weder bei dem einen noch bei dem anderen besonders stark ausgeprägt. Dabei soll Tennis doch angeblich zu Julians bevorzugten Freizeitbeschäftigungen gehören. Merkwürdig …

Am Ende der Doppelstunde hat Carlotta es nach eigener vorsichtiger Schätzung geschafft, den Ball viermal zu treffen. Brendan meint, es wäre nur dreimal gewesen, aber Carlotta hat keine Lust, sich deswegen mit ihm zu streiten.

„Vielleicht solltest du dir beim nächsten Mal eine andere Partnerin suchen", schlägt sie vor, als sie ihre Schläger und die Bälle zurückbringen.

Brendan verzieht keine Miene. „Och, so schlimm war's doch gar nicht. Ich fand's lustig."

Carlotta glaubt, nicht richtig gehört zu haben. Bevor sie nachhaken kann, ob er das vielleicht ironisch gemeint hat, ist Brendan schon in der Jungsumkleide verschwunden. Carlotta dreht sich um und stößt um ein Haar mit Julian zusammen.

„Excuse me", sagt er sofort.

„You are welcome", antwortet Carlotta automatisch. In Englisch haben sie gerade die Höflichkeitsformen durchgenommen.

„Dein Englisch ist gut. Kompliment." Julian lässt sich auf eine Bank fallen und befreit sich von den Schweißbändern und dem Stirnband.

Auf jeden Fall ist es besser als dein Tennis, denkt Carlotta amüsiert. Sie entdeckt Manu und Sofie und trabt zu ihnen.

„Was hat er gesagt?", will Sofie sofort wissen, als sie zusammen in die Umkleide gehen.

„Wer?“

„Julian! Du hast doch gerade mit ihm gesprochen!“

„Ach der …“, Carlotta lacht. „Der hat sich nur bei mir entschuldigt, weil ich ihn fast angerempelt hätte. Habt ihr gesehen, wie der Tennis spielt? Ich glaub, das können sogar meine Brüder mit ihren Federballschlägern besser!“

Sofie bleibt stehen. „Vielleicht hatte er nur einen schlechten Tag.“

„Ja, klar.“ Manu grinst. „Oder er hat sich absichtlich so tapsig angestellt, weil er uns nicht frustrieren wollte. In England nennt man das Understatement. Diese Lords sollen doch alle so höflich sein.“

Carlotta runzelt die Stirn. „Du meinst, in Wirklichkeit spielt er perfekt, aber er wollte nur nicht damit angeben?“

„Möglich wär's.“ Manu öffnet die Tür zum Umkleideraum. „Ich glaub, Engländer sind in dieser Beziehung irgendwie anders als andere.“

Die Erklärung gefällt Sofie. Sie schnurrt wie eine zufriedene Katze.

Carlotta folgt ihren Freundinnen nachdenklich. Ob Manu Recht hat? Ist Julian in Wirklichkeit ein Tennis-Crack? Bisher wirkt er so undurchsichtig, dass sie noch nicht genau weiß, was sie eigentlich von ihm halten soll. Auf jeden Fall traut sie ihm einiges zu. Vielleicht sogar britisches Understatement.

In der Umkleide ist der Neue ebenfalls Gesprächsthema Nummer eins.

„Sind euch seine Tennisschuhe aufgefallen?", fragt Vicky beeindruckt. „Die teuerste Marke, die's gibt!"

Die anderen Mädchen nicken – bis auf Carlotta und Manu, die augenrollend Blicke wechseln.

„Seine Kleidung ist wirklich geschmackvoll", schwärmt Nadine. „Entweder kauft er nur in den besten Londoner Geschäften oder er hat einen exzellenten Herrenschneider und lässt alles nach Maß anfertigen. Auf jeden Fall besitzt er Stil und Klasse. Das ist nicht zu übersehen."

„Ich wette, er ist enger mit dem britischen Königshaus verwandt, als er zugibt." Simone wirft ihre Haare zurück, um sie zu bürsten. „Vielleicht ist Brentley gar nicht sein richtiger Name. Vielleicht ist er in Wirklichkeit ein Windsor."

Durch den Umkleideraum geht ein Raunen.

„Du meinst … er könnte ein Prinz sein?", fragt Sofie mit glänzenden Augen.

Simone nickt. „Die Windsors sind eine weit verzweigte Sippe. Gut möglich, dass er ein Ableger ist. Sein Benehmen ist wirklich sehr aristokratisch. Das kommt nicht von ungefähr. So etwas ist angeboren. Das liegt im Blut."

„Und euch liegt chronische Blödheit im Blut!" Manu gibt ein röchelndes Geräusch von sich. „Habt ihr sie eigentlich noch alle?"

Carlotta kann es ihr nicht verdenken. Was für eine Hysterie! Und das nur, weil der marsianische Prinz möglicherweise einem europäischen Königsgeschlecht angehört und blaublütig ist. Das ist dermaßen albern! Kopfschüttelnd schlüpft sie aus ihren Sportsachen. Wenn sie nicht schnellstens unter die Dusche kommt, schreit sie.

Während kurz darauf das warme Wasser auf ihren Kopf prasselt, denkt sie an Brendan. Ob der vielleicht auch glaubt, dass sie nur so getan hat, als könne sie nicht Tennis spielen? Bestimmt nicht. Aber sie ist ja auch nicht mit irgendwelchen Königen verwandt. Das ist natürlich ein riesiger Unterschied.

Am nächsten Nachmittag platzt Manu laut lachend ins Zimmer. Sie kommt vom Reitunterricht und verströmt einen herben Geruch nach Pferd und Stall. In ihren Locken hängt ein Strohhalm, an ihrem linken Reitstiefel klebt Mist.

Sofie rümpft die Nase, aber Manu achtet nicht auf sie. Sie schlüpft aus den Stiefeln und wirft sich immer noch lachend auf ihr Bett. Carlotta muss automatisch mitlachen, obwohl sie keinen Schimmer hat, worum es überhaupt geht.

„Ihr glaubt es nicht!", prustet Manu. „Dieser Brentley! Ich fass es nicht, dieser Typ, hihi ..."

Sofie blättert in einem Buch mit klassischen Klaviernoten. Ihr Kopf fährt ruckartig herum. „Julian? Was ist mit ihm?"

Manu wischt sich mit dem Ärmel ihrer Karobluse die Lachtränen vom Gesicht. „Er ist vom Pferd gefallen. Nicht nur ein- oder zweimal, sondern ungefähr zehnmal hintereinander! Irgendwann hab ich aufgehört mitzuzählen. Es war zu schön!"

Sofie schnappt nach Luft. „Es ist sehr schadenfreudig, darüber zu lachen!"

„Man sagt schadenfroh, nicht schadenfreudig." Carlotta muss sich zwingen einigermaßen ernst zu bleiben.

„Keine Panik, er hat sich nicht wehgetan", versichert Manu grinsend. „Er hat sich hochgerappelt und ist wieder aufs Pferd geklettert. Jedes einzelne Mal, das er abgeworfen wurde. So viel Biss hätte ich dem kleinen Spinner gar nicht zugetraut. Respekt!"

„Warum musste er denn so ein wildes Pferd reiten?", fragt Sofie empört. „Er hätte sich das Genick brechen können! Der Ärmste!"

Manu bläst die Wangen auf und lässt die Luft mit einem leisen Pfiff entweichen. „Wild? Er hat den lahmsten Anfängergaul bekommen, den wir im Stall haben. Es war schon ein Wunder, dass er nicht verkehrt rum aufgestiegen ist! Wenn ihr mich fragt, hat der Typ im Leben noch nicht auf einem Pferd gesessen."

„Aber im Jahrbuch steht, dass Polo sein Hobby ist", wendet Carlotta ein. „Muss man dazu nicht gut reiten können? Das spielt man doch auf Pferden, oder nicht?"

„Doch, klar", bestätigt Manu. „Das war ja auch seine Ausrede. Englische Poloponys wären viel kleiner als unsere Warmblüter, hat er gesagt. Deshalb wäre er nicht mit dem Pferd zurechtgekommen. Ha, ha, wer's glaubt, wird selig!"

„Das ist merkwürdig." Carlotta nimmt eine Handvoll Gummibärchen aus der Schale, die vor ihr auf dem

Schreibtisch steht, und kaut nachdenklich. „Wieso gibt er alle möglichen Hobbys an, von denen er überhaupt keine Ahnung hat? Es muss ihm doch klar sein, dass er damit früher oder später auffliegt. Warum lügt er? Ist doch peinlich!“

„Ich finde, seine Erklärung mit den Poloponys klingt logisch“, erwidert Sofie. „Wenn die englischen Pferde kleiner sind als die deutschen, muss er sich doch zuerst an den Größenunterschied gewöhnen!“

„Ja, klar! Bestimmt sind deutsche Tennisschläger auch größer als englische. Warum bin ich nicht selbst darauf gekommen?“ Manu rollt die Augen zur Decke. „Hast du's immer noch nicht gemerkt? Der Typ hat einen Dachschaden! Der leidet unter Selbstüberschätzung, wenn ihr mich fragt.“

Sofie schiebt die Unterlippe vor und schmollt.

„Also doch keine englische Bescheidenheit?“, fragt Carlotta.

„Nie im Leben“, antwortet Manu überzeugt. „Ich weiß zwar nicht, was genau mit Mister Brentley nicht stimmt, aber dass bei dem was hakt, ist klar wie Kloßbrühe.“

Carlotta nimmt sich noch ein paar Gummibärchen und schaut aus dem Fenster in den Park. Langsam wird die Sache mit diesem Prinzen immer merkwürdiger. Wenn es wahr ist, was Manu behauptet, könnte es noch ziemlich interessant werden. Was wohl als Nächstes passiert? Verwechselt Julian Schach mit Halma? Spielt er statt Golf vielleicht nur Minigolf?

„Fortsetzung folgt", murmelt sie nachdenklich.

Ein Kuss und zwei Brüder

Weil ihre Mutter und das Nilpferd sie am Freitag nicht im Internat abholen können, muss Carlotta nach Schulschluss mit Bus und Bahn ins Heimfahrtwochenende starten. Und das mit all dem Gepäck! Sie stöhnt auf, als sie – eine Tasche rechts, eine Tasche links und den vollgestopften Rucksack auf dem Rücken – die Schlosstreppe hinunterwankt, um den Mittagsbus in die Stadt zu erwischen. Wenn sie den verpasst, verpasst sie in Bieneburg auch gleich noch den Zug. Dann müsste sie drei Stunden auf den nächsten warten und wäre erst am späten Abend zu Hause. „Lieber bleib ich hier und lass das Wochenende sausen“, ächzt sie.

„Hey, warte!“, ruft jemand hinter ihr. „Fährst du auch mit dem Bus?“

Nikolas? Carlotta versucht eine Ponyfranse, die

sich vor ihren Augen kringelt, wegzupusten und sich gleichzeitig umzudrehen. Dabei stolpert sie beinah über den untersten Treppenabsatz.

„Äh, ja“, sagt sie, als Niko sie erreicht. „Meinen Eltern ist was dazwischengekommen.“

„Cool“, meint Niko. „Dann können wir bis zum Bahnhof zusammen fahren.“

„Ja, cool“, stammelt Carlotta, während das Gewicht ihres Gepäcks sie fast in die Knie zwingt. Zwar wird die Wäsche normalerweise im Internat gewaschen, aber ihre Lieblingsklamotten nimmt sie lieber mit nach Hause. Da duftet das Waschmittel besser. Aber wieso ist schmutzige Wäsche eigentlich so schwer? Gibt es dafür eine logische physikalische Erklärung? Und überhaupt: Wenn Niko ein Kavalier wäre, würde er ihr eine Tasche abnehmen oder es zumindest anbieten. Oder ist das vielleicht altmodisch gedacht?

Hundertpro, sagt sie zu sich selbst. Du willst emanzipiert sein? Dann reiß dich gefälligst zusammen! Selbst ist die Frau! Auch wenn's manchmal schwerfällt.

Ein unauffälliger Seitenblick beweist ihr außerdem, dass Niko fast noch mehr zu schleppen hat als sie. Selbst wenn er wollte, hätte er keinen kleinen Finger mehr frei. Quer über seinem Rücken hängt ein riesiger, olivfarbener Seesack, in der linken Hand trägt er einen Gitarrenkoffer, rechts einen Kofferverstärker und unter seinem Arm klemmt sein unvermeidlicher Fotoapparat, ohne den er nirgendwo hingeht.

Carlotta verzeiht ihm auf der Stelle.

„Soll ich vielleicht deine Kamera nehmen?“, fragt sie.

Er schüttelt den Kopf. „Nee, danke. Geht schon.“

Seite an Seite stapfen sie über den Schlossplatz und anschließend die breite Allee hinunter, die bis zur Straße führt. Vor ihnen laufen Grüppchen von Mitschülern, die ebenfalls mit dem Bus nach Hause fahren. Carlotta kennt einige vom Sehen. Von Sofie und Manu hat sie sich schon beim Mittagessen verabschiedet. Sofie verbringt das Wochenende im Internat. Manu ist von ihrer Tante abgeholt worden, bei der sie bis Sonntag bleibt.

Weil Niko nichts mehr sagt, schweigt Carlotta ebenfalls. Was soll sie auch sagen? Soll sie sich mit ihm etwa über das Wetter unterhalten? Worüber spricht man mit einem fünfzehnjährigen Jungen?

Diese Frage ist gar nicht so leicht zu beantworten, merkt sie. Sie hat bisher keine Erfahrung im Umgang mit älteren Jungs, sondern nur mit den gleichaltrigen aus ihrer Klasse. Okay, Jonas ist ein Jahr älter als sie, aber das ist was anderes und zählt nicht. Erstens sieht sie ihn nur in ihrer Freizeit und zweitens ist er ein total unkomplizierter Typ. Gegen den ist Nikolas fast schon erwachsen. Jedenfalls wirkt er manchmal so. Und groß ist er auch, stellt Carlotta fest, als sie neben ihm hergeht. War das immer schon so oder ist das erst vor kurzem passiert?

Der Bus wartet mit laufendem Motor an der Haltestelle. Der Fahrer steht daneben und winkt ungeduldig.

Carlotta und Niko legen die letzten Meter im Laufschritt zurück. Vollkommen außer Puste werfen sie ihr Gepäck in die offene Gepäckklappe und sich selbst wenig später auf zwei freie Plätze im hinteren Teil des Busses. Niko hebt seine Kamera vors Gesicht und macht einen Schnappschuss von Carlotta.

„Hey!", protestiert sie lachend. „Fotografieren verboten!"

„Echt?" Er macht ein unschuldiges Gesicht.

Carlotta schüttelt lächelnd den Kopf und schaut aus dem Busfenster. Nikolas hat sie schon einmal mit seiner Kamera überrascht. Anscheinend ist es eine Angewohnheit von ihm, alles spontan festhalten zu müssen.

Als die Türen sich schließen und der Bus anfährt,

lehnt sie ihren Kopf gegen die Scheibe. Es ist schön, neben Niko zu sitzen. Es fühlt sich an, als würden sie zusammen irgendwo hinfahren. In den Urlaub vielleicht. In irgendein Abenteuer. Und nicht nur bis in die nächste Kreisstadt.

„Besuchst du deine Eltern?“ Niko zieht eine Flasche Cola aus einer ausgebeulten Tasche seiner Cargohose und dreht sie vorsichtig auf. Leise zischend steigt die Kohlensäure in den Flaschenhals.

„Meine Eltern sind geschieden“, sagt Carlotta. „Ich fahr zu meiner Mutter. Sie ist wieder verheiratet und hat eine neue Familie. Und mein Vater hat neuerdings eine heimliche Freundin. Glaub ich jedenfalls.“

Upps ... Was war das denn? Hat sie das gerade gesagt? Zu einem Jungen, den sie kaum kennt? Nicht mal mit Manu und Sofie hat sie noch einmal über den Verdacht gesprochen, ihr Vater könnte frisch verliebt sein! Bei all dem Schulstress und Tanzenlernen war einfach keine passende Gelegenheit dazu. Außerdem will sie zuerst ganz sicher sein, dass ihr Paps wirklich ernsthaft flirtet. Mit einer Holländerin, die ihn sehr vertraut Schätzchen nennt ...

„Und?“, fragt Niko. „Stört dich das?“

Er hält ihr die Flasche hin. Carlotta trinkt einen

Schluck. Die Cola ist total aufgeschäumt. Das Prickeln steigt ihr bis in die Nase. Aber es schmeckt süß und lecker.

„Ich weiß nicht“, antwortet sie zögernd. „Ich finde, er hätte es mir sagen müssen, wenn es da jemanden gäbe.“

„Vielleicht traut er sich nicht.“ Niko nimmt die Flasche zurück. „Oder er ist sich selbst noch nicht sicher. Manchmal ist das nicht so einfach mit der Liebe.“

Für einen kurzen Moment berühren sich ihre Finger. Carlotta schaut auf. Niko lächelt. Seine Nugataugen haben einen warmen Glanz. Sie hat das Gefühl, darin zu versinken wie in einem Teich aus geschmolzener Schokolade. Es fühlt sich unglaublich gut an.

Er ist anders als die anderen Jungs, denkt sie, als sie ihren Blick endlich lösen kann und wieder aus dem Fenster schaut. Nachdenklicher und ernster. Erfahrener und vernünftiger auch irgendwie. Obwohl er so verrückte Sachen macht wie heimlich auf den Bieneburger Rathausturm zu klettern, um dort zu fotografieren.

Sie kichert leise.

Als hätte Niko ihre Gedanken gelesen, zeigt er auf die Stadt, die hinter einem Waldstück auftaucht.

Über den Dächern ragen zwei hohe Türme empor: ein Kirchturm, an dessen Spitze ein vergoldeter Wetterhahn in der Sonne aufblitzt, und der alte Rathausturm mit seinem markanten Balkon und der großen Uhr.

„Hast du dir inzwischen überlegt, ob du mit mir mal da raufwillst?"

„Nein, noch nicht", antwortet Carlotta ehrlich. Dass sie am liebsten auf der Stelle mit ihm auf diesen hässlichen grauen Klotz steigen und nie wieder herunterkommen würde, sagt sie nicht. Das behält sie lieber für sich. Stattdessen wechselt sie das Thema.

„Fährst du übers Wochenende zu deinen Eltern?"

„Nee, ich besuche einen Kumpel in Berlin. Die Freundin von meinem Bruder wollte mich eigentlich abholen, aber der alte VW-Bus streikt mal wieder."

Carlotta horcht auf. Sie erinnert sich daran, dass Niko im letzten Schuljahr von einer attraktiven jungen Frau mit einem klapprigen Hippiebus abgeholt worden ist. Die vertraute Umarmung und vor allem der Begrüßungskuss, dessen unfreiwillige Zeugin sie damals gewesen ist, haben sie ziemlich aus der Fassung gebracht. Aber wenn es die Freundin seines Bruders war? Carlotta grinst. Dann gehört die Hübsche so gut wie zur Familie. Und das bedeutet Entwarnung!

„In Berlin ist jedes Wochenende Party", spricht Niko weiter. „Wenn du willst, komm doch nächstes Mal mit."

„Nach Berlin?" Carlotta reißt die Augen auf. Mit einem wildfremden Jungen, der aussieht, als würde er am liebsten Tag und Nacht Reggae hören und sich gerne mal einen Joint drehen?, fügt sie in Gedanken hinzu. Sie schüttelt den Kopf.

„Vergiss es. Das würden meine Eltern nie erlauben!"

„Wieso nicht? Du bist doch kein Baby mehr", entgegnet Niko. Es klingt freundlich und sachlich, kein bisschen abwertend. Einfach wie eine Feststellung.

„Ich bin dreizehn", seufzt Carlotta. „Ich werde zwar bald vierzehn, aber für meine Eltern bin ich trotzdem noch ein Baby. Besonders für meine Mutter."

„Schade", meint Niko. „Dann müssen wir wohl warten."

Warten? Worauf? Womit? Was meint er damit? Carlotta schiebt die Stirn in Falten, aber sie traut sich nicht nachzufragen. Jungs sind wirklich rätselhaft!

Der Bus hat inzwischen Bieneburg erreicht. Er kurvt durch die engen Straßen der Altstadt, biegt in den ZOB ein, beschreibt einen Bogen und hält schließlich genau vor dem Eingangsportal des Bahnhofs, wo er mit zischenden Bremsen hält. Der Fahrer steigt aus und öffnet die seitliche Gepäckklappe.

„Wann fährt dein Zug?“, fragt Niko.

Carlotta klettert hinter ihm aus dem Bus.

„In zwanzig Minuten. Und deiner?“

„In zwei Minuten.“ Niko rafft seine Sachen aus dem Gepäckfach und grinst. „Sorry, ich muss mich echt beeilen.“

Er schiebt die Kamera in eine Jackentasche, schultert seinen Seesack, ergreift die Gitarre und den Verstärker, beugt sich vor und gibt Carlotta einen Kuss. Mitten auf den Mund. Am helllichten Tag. Unter wildfremden Menschen, die sich achtlos an ihnen vorbeischieben, um ihre Züge zu erreichen.

Carlotta ist viel zu verblüfft, um etwas sagen zu können.

„Ciao, Kleine“, sagt Niko lächelnd. „Pass auf dich auf!“

Ohne ein weiteres Wort stapft er davon und dreht sich nicht mehr um.

Carlotta starrt ihm sprachlos hinterher.

„Gehören die dir?“ Der Fahrer zeigt auf die letzten drei Gepäckstücke, die verloren im Innern des Faches liegen.

Carlotta nickt zerstreut.

Der Busfahrer reicht ihr die Sachen. Sie bedankt sich, bevor sie sich mit dem Rucksack und den Taschen behängt und mit letzter Kraft in den Bahnhof stolpert.

„Steffen hatte eine Wurzelbehandlung. Es geht ihm gar nicht gut." Die schmalen goldenen Armreifen am Handgelenk von Carlottas Mutter klimpern leise, als sie den Blinker setzt und in eine Wohnstraße einbiegt, an deren Ende sie den Wagen vor einem schneeweißen Einfamilienhaus parkt.

Carlotta schaut hinaus. Der Garten ist gepflegt, die Bäume sind sorgfältig gestutzt. Nirgendwo eine Spur menschlichen Lebens. Kein vergessenes Spielzeug, kein Krümel auf dem Plattenweg, kein Grashalm, der es wagt, aus der Reihe zu tanzen.

Es sieht aus wie aus einem Katalog für schönes Wohnen, denkt sie und öffnet die Autotür.

An die Bahnfahrt kann sie sich gar nicht mehr richtig erinnern. Kaum war sie eingestiegen, musste sie schon wieder aussteigen. Die ganze Zeit über hat sie sich wie in Watte gepackt gefühlt und dabei versucht sich an das Gefühl von Nikos Lippen auf ihrem Mund zu erinnern. Immerhin war das ihr erster offizieller Kuss von einem Jungen. Auch wenn es mehr ein Freundschaftskuss und nicht sonderlich leidenschaftlich war.

Die Tatsache des Kusses an sich zählt, findet Carlotta. Da kann man nicht einfach auf das normale Leben umschalten. Schon gar nicht in einem überfüllten Zug oder während der Konversation mit seiner erziehungsberechtigten Mutter. Ausgeschlossen.

Dem Geplauder während der kurzen Autofahrt vom Bahnhof bis hierher hat sie daher auch nicht wirklich zugehört. Sie hat nur ab und zu mal genickt, den Kopf geschüttelt und auf Fragen wahlweise mit Ja oder Nein geantwortet – je nachdem, was sie für angebracht hielt. Ihre Mutter hat einfach weitergeschnattert.

Anscheinend fällt es nicht auf, dass ich zehn Zentimeter über dem Boden schwebe und mit dem Kopf in einer fetten rosaroten Wolke stecke, denkt Carlotta. Merkwürdig.

Sie hat das Gefühl, als müsse jeder sehen, wie sie sich fühlt. Aber anscheinend nicht. Verwirrt mustert sie ihr eigenes Spiegelbild in der verglasten Haustür.

Meine Augen sind zu groß, mein Mund ist zu breit

und meine Nase zu spitz, registriert sie, während ihre Mutter in ihrer überdimensionalen Handtasche nach dem Hausschlüssel wühlt. Was will ein Typ wie Niko von mir? Der kann doch viel hübschere Mädchen haben. Ältere, erfahrenere. Welche, die schon küssen können. Die sich nicht gleich in einen sprachlosen Holzklotz mit Herzstillstand verwandeln, wenn es dazu kommt, dass zwei Lippenpaare sich berühren, sondern den Kuss gekonnt erwidern.

„Möchtest du mit reinkommen oder hier stehen bleiben?"

Upps … Anscheinend hat ihre Mutter den Schlüssel gefunden. Sie hält die Tür auf. Carlotta beeilt sich, hinter ihr her ins Haus zu kommen.

„Wo sind denn die Zwillinge?", fragt sie und stellt ihre Taschen im Flur ab. Im Haus ist es still. Nicht mal die übliche klassische Musik, die sonst fast rund um die Uhr aus verborgenen Lautsprechern dudelt, ist zu hören.

„Lennart und Lorenz sind noch im Ganztagskindergarten", antwortet ihre Mutter. „Der Fahrdienst bringt sie gegen vier nach Hause."

„Was? Das ist ja schlimmer als im Internat!", entfährt es Carlotta.

Ihre Mutter hebt die Augenbrauen. „Ich bin froh, dass wir die Jungs dort unterbringen konnten. Es war nicht einfach, zwei Plätze zu bekommen, und es ist eine große Erleichterung für uns. Steffen und ich sind beruflich stark eingespannt. Das weißt du doch. Und eine gute vorschulische Ausbildung ist heutzutage so wichtig! Die Ganztagsbetreuung ist zweisprachig, deutsch und englisch. Deine Brüder haben großen Spaß am Lernen."

„Ja, klar", stammelt Carlotta. „Es sollte auch gar keine Kritik sein. Ich dachte nur –" Sie bricht ab. Ihre Mutter hat ihren eigenen Standpunkt. Eine Diskussion wäre zwecklos.

Dabei scheint draußen die Sonne, denkt Carlotta. Die Jungs könnten hier durch den riesigen Garten toben, Fußball spielen und auf Bäume klettern. Stattdessen hocken sie bis nachmittags in einem zweisprachigen Kindergarten. Wahrscheinlich haben Mam und das Nilpferd auch schon zwei Studienplätze an einer privaten Uni für sie reserviert.

„Und Steffen?", fragt sie vorsichtig.

„Er hat sich hingelegt." Ihre Mutter lächelt müde. „Möchtest du eine Kleinigkeit essen?"

Carlotta schüttelt den Kopf. Der Schmetterlingsschwarm, der es sich seit Nikos Kuss in ihrem Magen gemütlich gemacht hat, reicht vollkommen aus. Sie fühlt sich so satt und zufrieden wie lange nicht mehr. Das Einzige, was sie wirklich nervt, ist die Tatsache, dass Katie nicht in der Nähe ist. Mit irgendjemandem muss sie ganz dringend quatschen. Nein, nicht mit irgendjemandem, korrigiert sie sich. Mit Katie, ihrer ältesten und besten Freundin natürlich. Wenn sie sie nicht bald anrufen und ihr von Niko berichten kann, platzt sie. Im Zug hatte ihr Handy kein Netz, sonst hätte sie das längst erledigt.

„Ich pack erst mal meine Sachen aus." Sie nimmt ihr Gepäck und schiebt sich damit an ihrer Mutter vorbei. Bevor sie die Tür zu ihrem Zimmer aufstößt, dreht sie sich um. „Kann ich die Zwillinge nicht jetzt gleich abholen?"

Das Gesicht ihrer Mutter wirkt überrascht.

„Sicher. Wenn du möchtest. Aber du weißt doch gar nicht, wo der Kindergarten ist."

„Kannst du's mir nicht erklären?" Carlotta wirft ihre Taschen durch die geöffnete Tür in ihr Zimmer. Ihre Sachen kann sie später auspacken. Die Zwillinge abzuholen ist eine geniale Idee. Wieso ist sie nicht früher darauf gekommen?

Ihre Mutter greift nach dem Telefon und wählt eine Nummer, um im Kindergarten Bescheid zu sagen.

„Nein, wir brauchen heute keinen Fahrdienst", hört Carlotta sie sagen. „Meine Tochter holt die beiden ab. Vielen Dank. Ihnen auch ein schönes Wochenende."

Carlotta steckt Portemonnaie und Handy ein, schnappt sich einen Apfel aus einer Obstschale und wartet auf weitere Instruktionen. Als ihre Mutter ihr den Weg beschreibt, hört sie nur mit halbem Ohr zu. So schwer wird es wohl nicht sein, sich zurechtzufinden. Oder glaubt ihre Mutter vielleicht, sie ist im Internat verblödet? Hm, gut möglich. Immerhin war sie im Gegensatz zu ihren Stiefbrüdern früher nicht in so einem schicken zweisprachigen Ganztagskindergarten.

Fünf Minuten später steht sie draußen vor dem Haus und atmet auf. Die Sonne scheint warm von einem wolkenlosen Himmel. Ein herrlicher Nachmittag für einen kleinen Spaziergang!

Sie trabt los und biegt am Ende der Straße in den Park ein. Als die Zwillinge noch Babys waren, war sie oft mit ihnen hier. Sie haben Enten gefüttert, in der Sandkiste auf dem Kinderspielplatz Matschkuchen gebacken und auf der Wiese Ball gespielt. Manchmal haben Lennart und Lorenz sie ziemlich genervt. Wenn sie nicht aufhören wollten zu brüllen oder wenn sie ihre Dickköpfe gegen die große Schwester durchsetzen wollten. Carlotta lächelt. Damals hätte sie die Zwerge am liebsten bei eBay versteigert. Heute findet sie es ziemlich schön, zwei kleine Halbbrüder zu haben.

Obwohl sie ihrer Mutter kaum zugehört hat, sind die Straßennamen irgendwie in ihr Unterbewusstsein vorgedrungen. Ohne Mühe findet sie den richtigen Weg und steht schon bald vor einer alten Villa. Das parkähnliche Grundstück ist von einem hohen, weiß lackierten Eisenzaun umgeben. THE CHILDREN'S MANSION steht auf einem blank polierten Messingschild neben dem Tor. Carlotta stößt es auf und geht hindurch.

„Wie ein normaler Kindergarten sieht das nicht gerade aus“, stellt sie leise murmelnd fest, während sie auf das Haus zugeht. Müssten nicht überall Spielsachen herumliegen? Und überhaupt: Wo sind all die kleinen zweisprachigen Kinder?

Aus einem geöffneten Fenster dringen leise Stimmen. Carlotta muss zweimal hinhören, um zu verstehen, was sie sagen. Es scheint sich um ein englisches

Gedicht zu handeln. Sie traut sich kaum auf die Klingel zu drücken. Als sie es schließlich doch tut, ist sie umso erstaunter, als plötzliches mehrstimmiges Kinderlachen und fröhliches Fußgetrappel ertönen. Die Tür wird aufgerissen. Zwei dunkelblond gelockte Jungs stürzen heraus, springen an ihr hoch und heften sich wie klebrige Kletten an ihren Hals. Carlotta hat Mühe, nicht das Gleichgewicht zu verlieren und rückwärts die Eingangsstufe herunterzufallen.

„Hey, seid ihr gewachsen!“ Sie lacht, als es ihr endlich gelungen ist, die Zwillingskletten abzuschütteln.

„Du nicht“, stellt Lennart fest, der sich nur durch einen Haarwirbel und ein paar zusätzliche Sommersprossen von seinem Bruder unterscheidet.

„Ich weiß. Ich bin aber auch schon groß genug.“ Carlotta bedankt sich bei der Erzieherin, die ihr die Rucksäcke der Zwillinge reicht. „Und was machen wir jetzt?“

„Nach Hause gehen?“, fragt Lorenz.

Carlotta schüttelt den Kopf.

„Nö, das kommt später. Vorher spendier ich uns ein Eis. Einverstanden?“

Der Jubel der Jungs ist so laut, dass sie sich am liebsten die Ohren zuhalten würde, was wegen der Rucksäcke allerdings nicht möglich ist. Stattdessen begnügt sie sich mit einem breiten Grinsen. Scheint, als hätte sie genau den richtigen Vorschlag gemacht.

Kurz bevor sie die Eisdiele erreichen, versucht sie Katie auf ihrem Handy zu erreichen. Nur die Mailbox meldet sich. Carlotta hinterlässt eine Nachricht: „Ruf mich an oder ich ruf dich an! Ich muss dir was erzählen! Dringend!"

„Was denn?", fragt Lennart neugierig.

„Wie viele verschiedene Eissorten es hier gibt", behauptet Carlotta und zeigt auf das Schild vor der Eisdiele. „Das glaubt Katie mir nie!"

Im Ballkleiduniversum

Als Carlotta am nächsten Morgen aufwacht, weiß sie im ersten Moment nicht, wo sie ist. Sie kennt das schon. Es passiert ihr ständig, wenn sie die Wochenenden bei ihrer Mutter oder ihrem Vater verbringt.

„Kein Wunder …“, murmelt sie und gähnt. „So heimatlos, wie ich bin, kann man schon mal durcheinanderkommen.“

Sie gähnt noch einmal und blinzelt in den hellen Sonnenschein, der durch den Vorhang in ihr Zimmer fällt. Es ist klein und zweckmäßig eingerichtet. In einem Regal sitzt ein hellbrauner Teddy. Daneben stehen ein paar Bücher. An den Wänden hängen gerahmte Familienfotos, Poster und zwei Gummibärchenbilder von ihr. Trotzdem kommt es Carlotta nicht wie ihr eigenes Zimmer vor, sondern eher wie ein Gästezimmer. Alles wirkt irgendwie unpersönlich – trotz des Teddys, den ihre Mutter dorthin gesetzt hat, und der fröhlichen Blümchenbettwäsche. Sämtliche Möbel sind nagelneu und wirken wie von einem Spezialversandhaus für Mädchenzimmer. Das Einzige, das für ein wenig Atmosphäre sorgt, sind ihre himmelblauen Turnschuhe, die sie am Vorabend kreuz und quer durchs Zimmer gekickt hat, ihr Fotoapparat, der umgekippte Rucksack und die beiden Reisetaschen, aus denen bunte Klamotten und schmutzige Wäsche quellen.

Hoffentlich erlaubt Mam, dass ich nachher ihre Waschmaschine anwerfe, denkt Carlotta. Nicht dass der Schleudergang zu laut für die empfindlichen Nilpferdohren ist! Wie spät es wohl ist?

Sie dreht sich um und angelt auf dem Nachttisch nach ihrem Handy. Schon Viertel nach neun. Erstaunlich, dass Mam oder die Zwillinge sie nicht geweckt haben. Oder das Nilpferd mit seinen morgendlichen Ich-singe-laut-und-falsch-aber-ich-singe-gerne-Arien unter der Dusche.

Nachdem sie einen kurzen Code in ihr Handy getippt hat, stellt sie erschrocken fest, dass sie in der vergangenen Nacht fast ihr komplettes Prepaid-Guthaben vertelefoniert hat. Hat sie wirklich so lange mit Katie gesprochen? Anscheinend ja. Aber das musste sein. Unbedingt. Sie hatten sich so viel zu erzählen! Die meiste Zeit ging's natürlich um Niko und den Kuss. Ob er eine Bedeutung hatte. Und wenn ja: welche.

Katie war der Meinung, Carlotta solle ihn lieber nicht überbewerten, weder den Kuss noch Niko. Sie hat gemeint, dass er möglicherweise ein notorischer Knutscher wäre, der ringsum Mädchen küsst, einfach so und ohne sich groß was dabei zu denken. Carlotta solle sich also lieber nicht zu viel darauf einbilden; sie wäre vielleicht nicht die Einzige.

Als Carlotta jetzt darüber nachdenkt, findet sie Katies Bemerkung ein bisschen gemein. Wahrscheinlich ist sie eifersüchtig, weil sie als Erste von ihnen einen Kuss von einem Jungen gekriegt hat. Gut möglich, denkt sie. Katie ist manchmal so.

Auf der anderen Seite will Katie unbedingt ein Foto von Niko sehen. Sie konnte kaum glauben, dass Carlotta noch keins auf ihrem Handy gespeichert hat.

„Woher soll ich das bitte nehmen?“, brummt Carlotta, während sie ihre linke Socke sucht. „Ich hätte selbst gern eins. Aber soll ich einfach ‚Cheese!‘ sagen, wenn ich Niko das nächste Mal treffe, ihm meinen Fotoapparat vor die Nase halten und abdrücken?“

Warum eigentlich nicht?, überlegt sie. Er macht es schließlich auch so.

„Nächstes Mal bin ich dran!“ Sie tippt den Teddy an. Er kippt um und bleibt auf dem Rücken liegen.

Im Handumdrehen rafft sie ihre Sachen zusammen und überschlägt im Kopf den Inhalt ihres Portemonnaies. Das reicht nie und nimmer für eine neue Guthabenkarte!

„Zum Glück gibt's bald Taschengeld“, sagt Carlotta zu dem Teddy und richtet ihn wieder auf. „Vielleicht gibt Mam mir einen kleinen Vorschuss.“

Aus dem Garten kommen Kinderstimmen. Geschirr klappert. Wenn sie sich jetzt nicht beeilt, bekommt sie garantiert kein Frühstück mehr!

Zwei Stunden später fühlt sich Carlotta, als wäre sie per Teleportation in einem anderen Universum gelandet. Anders kann sie sich diesen Quantensprung durch Raum und Zeit nicht erklären. Kaum hatte sie ihr Frühstück beendet und wollte mit den Zwillingen spielen, da saß sie schon in der Familienkutsche und wurde aus der Stadt gebracht. Lennart und Lorenz mussten unter Protest bei ihrem Nilpferdvater bleiben, der während des gesamten Frühstücks ungewöhnlich schweigsam war und sich nur hin und wieder mit sorgenvoller Miene die linke Wange gerieben hat.

Carlotta hat sich insgeheim gefragt, wie er den Vormittag überleben soll – mit zwei lebhaften Kleinkindern und anscheinend noch lebhafteren Zahnschmerzen. Inzwischen hält sich ihr Mitleid allerdings in relativ engen Grenzen. Im Gegenteil, sie würde sogar auf der Stelle mit ihm tauschen. Jedenfalls was die Kleinkinder angeht. Die Zahnschmerzen kann er gerne behalten.

Anstatt mit ihr in eine der kleinen, feinen Boutiquen in der Innenstadt zu gehen – was für sich genommen schon schlimm genug gewesen wäre –, hat Carlottas Mutter ein riesiges Outlet-Center in einem Gewerbegebiet angesteuert. Ein hässlicher zweistöckiger, von oben bis unten verspiegelter Klotz voller Kleider ragt vor ihnen auf.

Hilfe, ich will nicht!, denkt Carlotta, während sie ihrer Mutter zu folgen versucht, die das Geschäft zielstrebig betritt und dabei ihren Blick sofort über die langen Kleiderreihen schweifen lässt.

Carlotta schaut sich fassungslos um. Sie ist in einem Ballkleiduniversum gelandet. In einem riesigen, unendlichen Ballkleiduniversum, in dem es Millionen von Kleidern und Abermillionen von Kundinnen und weiblichen Angestellten gibt, die sich für nichts anderes zu interessieren scheinen als für gehobene Abendgarderobe. Carlotta fühlt sich nicht nur überfordert, sondern auch komplett fehl am Platz. Der Anblick all der schnatternden Frauen, die sich um brautkleidähnliche Gebilde aus Tüll, Seide und Satin drängen und dabei schrille Begeisterungsschreie ausstoßen, verschlägt ihr die Sprache. Aus ihrer Kehle entweicht ein Stöhnen.

„Ist was?“, fragt ihre Mutter.

„Nee. Doch. Das heißt, ich weiß nicht.“ Carlotta röchelt heiser. „Ich hab mir nur gerade Sofie und Manu vorgestellt und was die zu dem hier sagen würden.“

Für Sofie wär's der Himmel auf Erden, denkt sie, und für Manu das Gegenteil: die absolute Hölle.

Sie behält ihre Gedanken für sich und unterdrückt ein weiteres Aufstöhnen, als ihr eine dicke Dame einen Ellbogen zwischen die Rippen bohrt, während sie sich auf das Objekt ihrer Begierde, ein bonbonfarbenes, mit Pailletten besetztes Etwas, stürzt.

Carlotta wendet angewidert den Blick ab. Wie soll sie das nur überleben?

„Guten Tag, mein Name ist Beatrice. Darf ich Ihnen helfen?"

Wie aus dem Nichts hat sich eine Verkäuferin vor ihnen aufgebaut. Unter ihrem linken Arm klemmt ein Notizbuch. Ihr Gesicht strahlt, als würde sie sich riesig freuen Carlotta und ihre Mutter persönlich begrüßen zu dürfen. ‚Beatrice, Einkaufsberaterin' steht auf einem silbernen Schild, das an ihrer Bluse befestigt ist.

Carlotta tritt einen Schritt zurück und überlässt ihrer Mutter den Small Talk. Als Beatrice hört, dass ein Ballkleid für eine junge Dame gesucht wird, ist sie entzückt.

„Eine Debütantin! Wie reizend!", ruft sie und mustert Carlotta von oben bis unten.

Carlotta würde am liebsten in dem flauschigen Teppichboden versinken, sich in Luft auflösen oder mit einem der Kleiderständer verschmelzen. Egal was. Sie hasst es, so taxiert zu werden. Als wäre sie eine Kuh auf einer Landwirtschaftsschau. Jetzt fragt diese Einkaufsberaterin auch noch nach ihren Körpermaßen!

„Wie groß ist die junge Dame denn?" Mit gezücktem Kuli wartet Beatrice auf die Antwort, die sie – genau wie Carlottas Konfektionsgröße – in ihr Notizbuch einträgt. „Fein. Wir messen gleich noch einmal alles genau nach. Taille, Hüfte, Brust und so weiter. Haben Sie gewisse Vorstellungen? Irgendwelche Wünsche? Soll es ein bestimmter Designer oder ein bestimmtes Label sein?"

Carlotta braucht ein Weilchen, um zu begreifen, dass die Fragen an sie gerichtet sind. Sie schüttelt den Kopf.

„Nö", sagt sie und schiebt beide Hände in die hinteren Taschen ihrer Jeans. „Ist mir ganz egal. Es soll nur zu unserem Motto passen: Black and White."

„Black and white, soso." Beatrice zieht eine kleine Schnute und klappt ihr Notizbuch zu. „Dann wollen wir mal schauen. Wenn Sie mir bitte folgen wollen."

Nee, will ich eigentlich nicht, denkt Carlotta. Sie kommt sich schrecklich deplatziert vor in ihren Jeans, den hellblauen Chucks und dem ausgeblichenen Blümchen-T-Shirt. Ganz im Gegensatz zu ihrer Mutter, die sich zwischen den teuren Klamotten so sicher und elegant bewegt, als wäre es die normalste Sache der Welt und das Ballkleiduniversum ihr natürlicher Lebensraum. Carlotta kann nicht umhin, sie für ihr Selbstbewusstsein zu bewundern.

Nach geschätzten fünf Kilometern erreichen sie unter Beatrices Führung ihr Ziel und dürfen sich auf einem zierlichen Sofa ausruhen.

„Möchten Sie etwas trinken, während ich Ihnen eine kleine Kollektion zusammenstelle?", fragt die Einkaufsberaterin. „Kaffee? Wasser? Prosecco?"

Carlotta hätte zu gerne einen Saft, aber sie schüttelt den Kopf. Ihre Mutter lehnt ebenfalls ab. Beatrice schwebt von dannen.

Caren Prinz-Mohr gerät ins Schwärmen. „Diese Auswahl hier ist wirklich beeindruckend, nicht?"

„Oh ja! Ganz toll." Carlotta hält unauffällig nach einem Notausgang Ausschau.

„Bestimmt freut ihr euch schon auf den Ball", fährt ihre Mutter fort.

„Klar", sagt Carlotta. „Besonders Sofie ist ganz aus dem Häuschen."

„Das kann ich so gut verstehen!" Ihre Mutter steht auf und betrachtet ein tintenblaues Kleid aus der Nähe. „Zu schade, dass ich nicht dabei sein kann. Hat dein Vater vor, zum Ball zu kommen? Ich muss ihm sagen, dass er unbedingt Fotos von dir und deinen Freundinnen machen soll!"

Carlotta nickt. Als früherer Schüler von Prinzensee

hat ihr Vater natürlich eine Einladung bekommen. Die Ehemaligen nehmen den Ball gerne als Anlass, um sich wiederzusehen. Hoffentlich schafft er es wirklich, zu kommen!

„Die anderen Eltern sind auch nicht dabei“, tröstet sie ihre Mutter. „Schließlich ist es ein Schülerball und kein Elternball.“

„Stimmt“, lächelt ihre Mutter. „Aber zu deinem Abi-Ball in ein paar Jahren kommen Steffen und ich auf jeden Fall!“

„Einverstanden“, grinst Carlotta.

Beatrice kommt mit einem Kleiderständer auf Rollen zurück. Um ihren Hals hat sie ein Maßband gelegt. An ihrem linken Handgelenk ist ein Nadelkissen befestigt. Bei dem Anblick der vielen Stecknadeln rutscht Carlotta unbehaglich auf dem Sofa hin und her.

„Ein Piks mit den Dingern, und ich bin weg. Ich schwör's!“, murmelt sie leise.

Frau Prinz-Mohr und Beatrice tun so, als hätten sie es nicht gehört.

Die ersten Kleider, die Carlotta anprobiert, jagen ihr gruselige Schauer über den Rücken, woran nicht nur die glatten, glänzenden Stoffe, sondern auch die tiefen

Ausschnitte, die betonten Taillen und die zierlichen Stickereien schuld sind.

„Das bin ich nicht!“, stellt sie fest, nachdem sie sich in das sechste weiße Kleid gezwängt und vor einem hohen Spiegel hin und her gedreht hat. Sie ist verzweifelt und kurz vorm Heulen. Es funktioniert nicht! Sie und ein Abendkleid verhalten sich ungefähr so zueinander wie saure Heringe und Schokosoße. Es passt einfach nicht zusammen!

Ich seh aus wie eine Braut, die sich nicht traut, denkt sie, während sie frustriert ihr Spiegelbild betrachtet. Total daneben!

Ihre Mutter macht ein unglückliches Gesicht. Auch Beatrice wirkt nicht gerade zufrieden. Sie tippt sich mit dem Finger an die Nase und scheint zu überlegen, woran es liegt, dass ihre Kleiderauswahl nicht den gewünschten Erfolg hat.

Zum Glück hat Carlottas Mutter plötzlich Durst auf einen großen Kaffee mit viel Milch und Zucker und gönnt Carlotta und Beatrice eine Verschnaufpause.

Während die Einkaufsberaterin durch die Gänge huscht, um das gewünschte Getränk zu besorgen, schlüpft Carlotta wieder in ihre Jeans und das T-Shirt und bummelt ein bisschen umher. Plötzlich fällt ihr

Blick auf einen Kleiderständer, der etwas abseits von den anderen steht. Die Kleider, die daran hängen, sind ganz anders als alle, die Beatrice bisher angeschleppt hat. Sie sind fast alle rabenschwarz. Nur eins ist schwarzweiß! Bei genauerem Hinsehen sieht Carlotta, dass das Oberteil einen breiten Rand aus Rauten hat, die an ein in die Länge gezogenes Schachbrett erinnern. Der bodenlange Rest ist aus glattem, schimmerndem Stoff. Ihr Herz klopft, als sie ihn berührt. Es ist, als würde das Kleid sie magisch anziehen. Das kann kein Zufall sein, sagt sie sich. Das ist ein Zeichen, ein Wink des Schicksals. Ganz klar!

Ohne nachzudenken, rafft sie das Kleid mitsamt seinem Kleiderbügel von dem Ständer und eilt zu ihrer Mutter zurück, die an ihrem Kaffee nippt und sich dabei angeregt mit Beatrice über Mode unterhält.

„Dies oder keins!“, verkündet Carlotta und hält sich das Schachbrettkleid vor die Brust. „Es ist perfekt! Es passt genau zu unserem Motto!“

Beatrices Augenbrauen schießen in die Höhe.

„Interessant. Aber sehr ungewöhnlich. Das ist von einem ganz unbekannten Nachwuchsdesigner“, wendet sie ein. „Aus seiner allerersten Kollektion. Er nennt sich Harlekin.“

„Umso besser!“, strahlt Carlotta. „Vielleicht wird dieser Harlekin irgendwann berühmt, wenn ich sein Kleid anziehe. Karl Lagerfeld hat schließlich auch mal klein angefangen, oder nicht?“

„Nun ja …“, meint Beatrice. Ihrer Miene ist abzulesen, dass man diese beiden Modeschöpfer selbstverständlich nicht miteinander vergleichen dürfe.

„Hat es denn überhaupt die richtige Größe?“ Frau Prinz-Mohr stellt ihre Kaffeetasse ab und mustert das Harlekin-Kleid kritisch.

„Keine Ahnung“, gibt Carlotta zu. „Darauf hab ich gar nicht geachtet.“

Nachdem ihre persönliche Einkaufsberaterin sich davon überzeugt hat, dass die Größe passen müsste, verschwindet Carlotta mit dem Kleid in einer Umkleidekabine. Der Stoff raschelt beim Anziehen. Und es ist ungewohnt, dass das Oberteil keine Träger hat. Die schulterfreie Corsage schmiegt sich wie ein leichter Panzer um ihren Oberkörper. Carlotta betrachtet sich in dem schmalen Spiegel und ist sehr zufrieden mit dem, was sie sieht. Ein bisschen fremd wirkt es schon, klar. Außerdem könnte man meinen, ihr wäre plötzlich ein Busen gewachsen. Ziemlich erstaunlich. Aber insgesamt nicht übel.

„Dies oder keins", wiederholt sie leise. „Wenn es ein Kleid gibt, das irgendein unbekannter Designer für mich gemacht hat, dann dieses hier. Niko wird Augen machen!"

Niko? Moment mal … Wie kommt sie denn jetzt auf den? Verwirrt schüttelt sie den Kopf und zieht den Vorhang zurück, um sich den prüfenden Blicken ihrer Mutter und Beatrices zu präsentieren.

Erst am späten Nachmittag kehren sie nach Hause zurück, schwer bepackt mit einem Kleidersack der Marke Harlekin, mehreren Tüten und einer schicken Einkaufstasche, aus der ein Schuhkarton lugt. Daran, dass sie nicht nur ein Kleid, sondern auch noch passende Unterwäsche, Strümpfe und Schuhe braucht, hat Carlotta vorher natürlich nicht gedacht. Hätte sie es getan, hätte sie sich lieber rechtzeitig ein ärztliches Attest geholt, als den halben Tag zwischen all den Rüschen, Pailletten und Schleifchen zu verbringen. Aber es hat sich gelohnt. Ihr Ball-Outfit ist vollständig. Und es rockt!

Überglücklich fällt sie ihrer Mutter um den Hals und bedankt sich.

Ihre Mutter strahlt. Im Gegensatz zu Carlotta hat sie das Shoppen sehr genossen und ist kein bisschen müde. Sie will sogar noch die Waschmaschine mit Carlottas schmutziger Wäsche anwerfen! Carlotta fragt sich, woher sie die ganze Energie nimmt und warum sie selbst anscheinend nur so wenig davon geerbt hat. Sie lässt sich auf das schneeweiße Designersofa im Wohnzimmer fallen und streckt alle viere von sich. Sie fühlt sich wie nach einem Waldlauf mit dem Spargel.

„Was für ein Stress!“, schnauft sie, während ihre Mutter gut gelaunt die Einkäufe verstaut und anschließend das Waschmittel aus dem Schrank holt. „Und das nur für einen einzigen Abend!“

„Machen wir jetzt den Knete-Film?“ Lennart und Lorenz stürzen sich auf sie, turnen auf ihr herum, zupfen an ihren Haaren und versuchen mit vereinter Kraft sie aus dem Sofa zu ziehen.

Carlotta protestiert schwach. Sie hat ihren Brüdern gestern versprochen mit ihnen einen Stop-Motion-Film zu drehen. Mit einem Männchen aus Knete und Matchboxautos, die ineinanderrasseln und das arme Knetmännchen überfahren. Und natürlich mit ganz viel Blut. Das war die Bedingung der Jungs, weil es ihrer Meinung nach ohne Blut kein richtiger Actionfilm wäre.

„Muss das wirklich sein?“, jammert Carlotta. „Ich hab heute hundert Kleider und tausend Paar Schuhe anprobiert. Ich kann nicht mehr. Gnade!“

Die Zwillinge lassen nicht locker. Als sie versuchen sie mit einer vierhändigen Kitzelattacke zum Aufstehen zu bewegen, gibt Carlotta auf.

„Zwei gegen einen ist unfair. In zehn Minuten in meinem Zimmer. Einer holt die Knete, einer die Spielzeugautos. Ich kümmere mich um den Rest.“

Der Rest ist eine Riesentüte Gummibärchen, die sie aus dem Vorratsschrank stibitzt, und eine Flasche Himbeersirup. Ohne Gummibärchendoping läuft gar nichts. Und der Sirup muss als Kunstblut herhalten.

Am Abend ist das Kunstwerk fertig. Immer wieder muss Carlotta ihren Halbbrüdern den kleinen Trickfilm auf ihrer Kamera vorführen, bis schließlich der Akku leer ist.

„Doppelmist!“, flucht sie. „Das Ladekabel liegt im Internat!“

Lennart und Lorenz ziehen enttäuschte Fluppen. Carlotta verspricht den Film so schnell wie möglich auf eine CD zu brennen und ihnen zu schicken.

„Aber lasst ihn bloß nicht Mama sehen!“, sagt sie eindringlich. „Ich glaub, die steht nicht so auf Splattermovies.“

„Was sind Schplättermuwies?“, fragt Lennart.

„Voll eklige Horrorfilme mit viel Himbeerblut, gemetzelten Gummibärchen und platt gefahrenen Knetmännchen“, antwortet Carlotta todernst.

„So wie unserer“, sagt Lorenz andächtig.

„Genau“, bestätigt Carlotta. Sie legt die Kamera weg und sieht sich in ihrem Zimmer um. Es sieht aus, als hätte ein Orkan gewütet. Überall Knete, Spielzeugautos, geköpfte Gummibärchen und Himbeerpfützen. Ob die Flecken aus dem Teppichboden wieder rausgehen?

Egal, denkt sie. Es hat sich gelohnt. Der Film ist klasse geworden. Und es hat Spaß gemacht, mit den Zwergen kreativ zu sein. An Einfallsreichtum sind die beiden kaum zu überbieten.

Im Handumdrehen ist das größte Chaos beseitigt. Lennart holt eine Dose Teppichschaum aus dem Putzschrank und bearbeitet die Flecken eifrig mit einem Schwamm. Schon bald ist fast nichts mehr zu sehen.

„Spitze!“, lobt Carlotta. „Und jetzt lasst uns mal sehen, was es zum Abendbrot gibt. Ich hab einen Mörderhunger!“

Am nächsten Vormittag bringt ihre Mutter sie zurück nach Prinzensee. Carlotta wäre gerne mit dem Zug gefahren, aber wegen der Ballklamotten und der frisch gewaschenen Wäsche ist es mit dem Auto natürlich komfortabler. Sie knuddelt Lennart und Lorenz zum Abschied und wünscht dem Nilpferd gute Besserung. Dank seiner dicken Wange haben sie übers Wochenende kaum mehr als drei Sätze miteinander gewechselt.

Wenn er immer so wenig reden würde, könnte ich es glatt mit ihm aushalten, denkt Carlotta. Gemein, aber wahr.

Sie beißt sich auf die Lippe, um nicht zu grinsen. Dann macht sie es sich auf dem Beifahrersitz gemütlich und schnallt sich an. Ihr Ballkleid liegt mit den anderen Sachen gut verpackt auf der Rückbank. Und noch etwas nimmt sie mit ins Internat. Ihre Mutter hat es ihr gestern Abend gegeben: eine wunderschöne Silberkette mit einem winzigen dunkelroten Rubin.

„Das ist ein altes Familienerbstück. Sie hat deiner Urgroßmutter gehört“, hat ihre Mutter gesagt und ihr die samtene Schmuckschatulle überreicht. „Ich leihe sie dir für den Ball. Ich finde, sie passt perfekt zu deinem Kleid!“

Carlotta war sprachlos und überwältigt. Und auch jetzt weiß sie noch nicht, was sie sagen soll. Ihre Mutter hat absolut Recht: Die Kette passt perfekt! Das Silber ist leicht geschwärzt und der Rubin wirkt wie ein einzelner funkelnder Blutstropfen. Dazu das schulterfreie Harlekinkleid …

Carlotta lächelt, als ihre Mutter anfährt. Langsam fängt sie an sich auf den Ball zu freuen! Wer hätte das gedacht?

Mailverkehr

„Er behandelt mich wie Sauerstoff!“, beklagt sich Sofie. „Das ganze Wochenende hab ich versucht mich mit ihm zu unterhalten, aber er hat nicht auf mich geachtet!“

„Du meinst, er behandelt dich wie Luft.“ Carlotta lacht.

„Oui, oui“, bestätigt Sofie verwirrt. „Wo ist der Unterschied?“

„Vergiss es“, meint Manu großzügig. „Auf jeden Fall wäre es ein gutes Zeichen, wenn er dich wie Luft behandeln würde. Ohne die kann nämlich keiner leben. Auch Mr Brentley nicht.“

Sofie verzieht den Mund. „Ihr versteht mich nicht!“, schimpft sie.

„Nö“, gibt Manu zu. „Was diesen aufgeblasenen

Windbeutel angeht, ganz sicher nicht. Musstest du dich ausgerechnet in den verknallen?“

Es ist noch früh am Morgen eines neuen Schultags. Sonst herrscht um diese Uhrzeit bereits Gedränge im Speisesaal. Heute nicht. Zwei Klassen sind auf einer Exkursion, und der Kampf um die besten Plätze hält sich in überschaubaren Grenzen.

Entspannt schlendern die Freundinnen mitsamt ihren Tabletts zu ihrem Lieblingsplatz am Fenster. Julian steht am Büfett und unterhält sich mit einer Küchenhilfe über die korrekte Zubereitung von Rührei.

„Es darf nicht zu weich sein“, schnappt Carlotta im Vorbeigehen auf, „aber auch nicht zu fest. Dann wird es zu trocken. Wenn Sie möchten, zeige ich Ihnen bei Gelegenheit gerne, wie man es richtig macht. Ich bräuchte dazu nur ein paar frische Eier und –“

Die Küchenhilfe schüttelt den Kopf, dreht sich um und lässt ihn stehen.

Carlotta prustet. Der Typ hat Sorgen! Soll er doch was anderes essen, wenn ihm das Rührei nicht schmeckt!

„Wer ist das denn?“ Manu lässt sich auf einen Stuhl fallen und zeigt auf einen Ecktisch, an dem drei Mädchen sitzen.

Carlotta folgt dem Fingerzeig. Sie erkennt Nadine und Simone. Aber wer ist die Dritte? Halblange, haselnussbraune Haare, die zu einem glatten Bob geschnitten sind, teure Klamotten und ein dezent geschminktes Gesicht. „Haben wir eine Neue?“

„Mais non. Das ist Vicky“, erwidert Sofie. „Sie war beim Friseur. Ich habe sie gestern schon gesehen.“

„Sie hat sich die Haare färben lassen? Krass!“ Carlotta beißt von ihrem Croissant ab.

„Vermutlich ein zweckloser Versuch, ihren IQ zu steigern“, sagt Manu und rührt ihren Kakao so schwungvoll um, dass er überschwappt. Sie wischt die Pfütze mit ihrem Blusenärmel auf. „Aber blöd bleibt blöd, da helfen auch keine braunen Haare.“

„Sie sagt, es ist ihre Naturfarbe“, wendet Sofie ein. „Und vorher war sie gefärbt!“

„Von mir aus kann sie ’ne Glatze haben“, brummt Manu und betrachtet ihren feuchten Ärmel, als würde er nicht zu ihr gehören. „Das ändert nichts daran, dass ich sie nicht mag. Sie ist mir zu arrogant.“

Carlotta gibt ihr Recht. Die Haarfarbe spielt wirklich keine Rolle. Der Charakter entscheidet, ob man jemand mag oder nicht. Und die Barbies mag sie eindeutig nicht.

In der ersten Stunde gibt Herr Schmied, der neue Englischlehrer der Achten, einen Grammatiktest zurück. Carlotta ist mit dem Ergebnis zufrieden. Englisch liegt ihr und die Aufgaben waren nicht schwer. In ihrem Heft prangt eine glatte Zwei.

Sofie hat eine Zwei plus, Manu eine Vier. Für ihre Begriffe eine ausgezeichnete Note.

Als Herr Schmied bei Julian stehen bleibt und etwas zu ihm sagt, spitzen die Mädchen ihre Ohren.

„Er hat eine Fünf!“, raunt Manu den anderen zu. „Und das, obwohl er aus England kommt!“

„Na und?“, gibt Carlotta zurück. „Hattest du neulich im Deutschtest nicht auch eine? Und das, obwohl du aus Deutschland kommst?“

„Das ist doch was ganz anderes“, behauptet Manu. „Das kann man überhaupt nicht miteinander vergleichen!“

„Und ob man das kann!“ Carlotta stützt das Kinn auf und grinst. „Es ist haargenau dasselbe. Julian hat Probleme mit seiner Muttersprache und du mit deiner. Vielleicht solltet ihr euch zusammentun und einen deutsch-englischen Nachhilfeklub gründen.“

„Du bist doof!“, sagt Manu.

„Danke, ich weiß.“ Carlotta kichert.

Insgeheim wundert sie sich allerdings auch über Julians schlechtes Abschneiden. Ganz so nobel und gebildet, wie er sich immer gibt, ist er anscheinend nicht. Weder im Sport noch in der Grammatik seiner Muttersprache oder in anderen Fächern zeichnet er sich durch Bestleistungen aus. Außer im Tanzen. Da schlägt er wirklich alle. Vielleicht reicht das aus, wenn man ein wohlhabender Adelsspross ist. Wer weiß.

In einer Freistunde verkrümelt Carlotta sich in die Bibliothek und hält nach einem freien Computerterminal Ausschau. Sie hat schon lange nichts mehr von ihrem Vater gehört und eine Mail an Katie ist auch längst überfällig. Zum Glück ist ein PC frei. Sie schiebt ihren Rucksack unter den Tisch und loggt sich ein.

In ihrem Eingangsordner liegen, neben jeder Menge Spam, drei neue Mails: eine von Paps, eine von Katie und eine vom Nilpferd.

Carlotta wundert sich. Haben Lennart und Lorenz den angeschlagenen Gesundheitszustand ihres Vaters vielleicht ausgenutzt und ihn überredet ihr zu schreiben? Gut möglich. Was sollte das Nilpferd sonst von ihr wollen?

Als sie die Mail öffnet, bestätigt sich ihre Vermutung.

Liebe Carlotta,
ich hoffe, es geht Dir gut? Schade, dass das Wochenende so kurz war. Aber bestimmt sehen wir uns bald mal wieder. Lennart und Lorenz lassen fragen, wann Du ihnen die CD mit dem Märchenfilm schickst.
Viele Grüße von den beiden,
natürlich auch von Deiner Mutter und mir!
Steffen

Märchenfilm? Kichernd tippt Carlotta die Antwort ein:

Hallo Steffen,
vielen Dank für die Nachricht!
Ich schicke die Märchen-CD heute noch ab.
Weiterhin gute Besserung und liebe Grüße an alle!
Carlotta

Sie hat den Stop-Motion-Film nach ihrer Rückkehr auf Manus Laptop leicht nachbearbeitet, geschnitten und auf eine CD gebrannt. Ihn als Mail-Anhang zu schicken ist ihr zu riskant. Die Gefahr, dass das pädagogisch bedenkliche Knetgummimassaker Mama oder dem Nilpferd in die Hände fallen könnte, ist einfach zu groß. Aber wenn sie die CD heute noch einpackt und in den Briefkasten wirft, haben die Zwillinge sie vielleicht morgen schon. Mit einem Klick öffnet sie die nächste Mail.

Liebe Carlottatochter,
hattest Du ein schönes Wochenende?
Ich bin mit den Dreharbeiten fertig und fahre in ein paar Tagen nach Hause. Wenn Du demnächst ein Heimfahrtwochenende bei Deinem Vater verbringen möchtest, würde der sich über Deinen Besuch sehr freuen. Ruf einfach mal an oder lass uns skypen.
Küsschen,
Superdad
PS: Hast Du ein schickes Ballkleid gefunden? Ich bin gespannt!
PPS: Ich bekomme nächstes Wochenende Besuch von einer holländischen Kollegin und ihrer Tochter. Hast Du was dagegen, wenn Lilly in Deinem Zimmer übernachtet? Sie ist in Deinem Alter und würde sich in Deinen vier Wänden bestimmt wohlfühlen. Tessa bekommt das Gästezimmer.
Noch mal Küsschen.
Dad

Lilly? Tessa? Carlotta hat das Gefühl, als würden sich ihre Nackenhaare einzeln aufrollen. Es stimmt also: Paps hat was am Laufen! Eindeutig! Und als wäre das noch nicht genug, hat diese holländische Tussi – es ist bestimmt die, die ihn Srattje genannt hat! – auch noch eine Tochter. In ihrem Alter. Und diese Tessatussitochter soll in ihrem Zimmer übernachten?

„Das kommt ja überhaupt nicht in die Tüte!", schnaubt Carlotta. Lilly und Tessa … Was für bescheuerte Namen! Total affig irgendwie. Und überhaupt: Wieso besuchen die Paps? Noch dazu mit Übernachtung! Muss das sein?

„Nein!", sagt sie laut und hackt die Antwortmail in die Tastatur. Ihre Augenbrauen berühren sich fast, als sie die Stirn in tiefe, sehr ärgerliche Falten legt.

Hi!
Doch, ich hab was dagegen! Ich möchte nicht, dass diese Lilliyfee oder Tessatralala oder sonst wer mein Zimmer betritt, wenn ich nicht zu Hause bin!!! Das ist MEIN Zimmer! Ich will nicht, dass Fremde in meinem Bett schlafen oder in meinen Sachen rumwühlen!
Deine (falls Du Dich noch an mich erinnerst) Tochter Carlotta

PS: Schließ bitte mein Zimmer ab und schick mir den Schlüssel. Am besten per Express und Einschreiben!
PPS: Schönes nächstes Wochenende!!
Ich hab leider erst in vier Wochen wieder Freigang!

Bevor sie es sich anders überlegen kann, klickt Carlotta auf Senden. Sie ist stinksauer. Was bildet ihr Vater sich eigentlich ein? Nur weil sie in einem Internat ist, heißt das noch lange nicht, dass er sich alles erlauben darf! Das wäre ja noch schöner! Dass diese Tessa im Gästezimmer schläft, glaubt sie ihm sowieso nicht. Die übernachtet garantiert in seinem Schlafzimmer. Und zwar in seinem Bett. Wetten?

Es kostet Carlotta einige Mühe, sich zu beruhigen. Katies Mail kommt da gerade recht.

Hi, Karottchen-Carlottchen!
Hast Du den knuddeligen Knutscher inzwischen geknipst? Ich will ein Foto, und zwar pronto! Von Deinem Kleid natürlich auch! Wenn ich schon nicht zu Eurem Ball eingeladen werde ... *schwermütigseufz*
Bist Du jetzt eigentlich offiziell mit Niko zusammen? Woher weiß man überhaupt, wann man mit einem Jungen zusammen ist?

Ist so ein Kuss das Startsignal, oder wie?
Klärst Du mich bitte auf?
Immerhin hast Du einen Kuss Vorsprung und bist daher eindeutig erfahrener als ich.
Deine ungeküsste *nochmalseufz*
allerbeste Freundin
Katie

Carlotta kaut auf ihrer Unterlippe. Woher man weiß, dass man mit einem Jungen zusammen ist? Gute Frage …

„Woher soll ich das wissen?", murmelt sie.

In der Grundschule gingen ab und zu Zettelchen in der Klasse rum – Willst du mit mir gehen? Ja, nein, vielleicht. Bitte ankreuzen! –, aber diese Zeiten sind ja wohl vorbei. Aber woher weiß man es dann? Fühlt man es, wenn es so weit ist? Ist man einfach irgendwann zusammen, ohne großartig darüber zu reden? In ihrer Klasse hat noch niemand einen festen Freund oder eine Freundin, soweit sie weiß. In den oberen Jahrgängen dagegen schon. Vielleicht wird es unkomplizierter, je älter man ist?

Niko ist ihr seit Freitag, als sie sich am Bieneburger Bahnhof voneinander verabschiedet haben, noch nicht wieder über den Weg gelaufen. Einmal hat sie ihn ganz kurz im Gang vor dem Sekretariat gesehen, aber er sie nicht. Zu blöd, dass sie nicht in einer Klasse sind! Obwohl – das wäre auch nicht so prickelnd. Dann würde sie ihn garantiert die ganze Zeit anstarren und nichts mehr vom Unterricht mitbekommen. Die Foto-AG und der Tanzkurs reichen schon aus, um sie aus der Fassung zu bringen. Noch mehr Niko wäre womöglich zu viel für die Schmetterlinge in ihrem Magen, die schon jedes Mal nervös mit den Flügeln schlagen, wenn er nur in der Nähe ist.

Pling!, macht es. Eine freundliche Frauenstimme meldet, dass sie eine neue E-Mail erhalten hat. Die Antwortmail von Paps. Das ging ja schnell! Carlotta verschiebt Katies Nachricht in den Katie-Ordner.

Liebe Carlotta,
entschuldige, ich hätte vorher nachdenken müssen. Selbstverständlich schläft Lilly nicht in Deinem Zimmer, wenn Du das nicht möchtest. Ich stelle einfach eine Liege ins Gästezimmer.
Kannst Du Deinem Vater verzeihen?
Aufrichtig zerknirscht,
Paps

PS: Ich schicke Dir gerne Deinen Zimmerschlüssel per Express und Einschreiben, aber ich verspreche Dir, dass auch so niemand ohne Dein Einverständnis Dein Zimmer betreten wird. Großes Ehrenwort!

Carlottas Antwort ist kurz. Sie schreibt, dass sie die Entschuldigung annimmt und sich das mit dem Schlüssel noch einmal überlegen würde. Zur Not könnte sie ihn mitnehmen, wenn sie das nächste Mal nach Hause kommt.

„Bis dahin sind diese Tessatussi und ihre Lillyfee hoffentlich wieder verschwunden", grummelt sie. „Fehlt noch, dass ich nicht nur meinen Vater, sondern auch mein Zuhause mit zwei wildfremden Amsterdamerinnen teilen muss. Nix da! Nur über meine Leiche!"

Perfekte Partner

Am späten Nachmittag trabt Carlotta durch die langen Internatsflure zum Fotolabor. Sie ist spät dran und muss sich beeilen. Herr Frankenberg, der AG-Leiter, mag es nicht, wenn sie unpünktlich sind, weil es den Unterricht stört. Muss ihr ausgerechnet jetzt Frau Heselein über den Weg laufen? Carlotta bleibt stehen und knirscht unhörbar mit den Zähnen.

Frau Heselein – von ihren Schülern liebevoll Frau Eselbein genannt – ist ihre ehemalige Englischlehrerin und außerdem Hausmutter des Mädchenflurs.

„Carlotta! Gut, dass ich dich treffe!“, sagt sie lächelnd. „Nächste Woche kommt der Fensterputzer. Denk daran, dass die Fensterbänke bis dahin frei geräumt sein müssen, und sag es bitte auch Sofie und Manuela. Beim letzten Mal war Manuelas Fensterbrett so vollgestellt, dass das Fenster nicht geputzt werden konnte!“

Carlotta verspricht es hoch und heilig, obwohl sie sich fragt, was sie für Manus Unordnung kann. Aber wenigstens nickt Frau Heselein zufrieden und geht endlich weiter.

In allerletzter Sekunde schafft Carlotta es, kurz vor Herrn Frankenberg ins Labor zu huschen. Aufatmend lässt sie sich auf einen freien Platz an einem der langen Tische fallen und bemerkt viel zu spät, dass sie genau neben Niko gelandet ist. So ein Zufall! Oder ist es Schicksal? Egal …

Sie senkt den Kopf und wühlt in ihrem Rucksack. Als sie wieder aufschaut, lächelt Niko.

„Hey“, sagt er. „Wie war dein Wochenende?“

Bei dem Blick in seine melancholischen Schokoaugen spürt Carlotta sofort wieder die Flattertiere in ihrem Magen. Sie versucht sie mit einem Gummibärchen zu besänftigen und schiebt die Tüte anschließend zu Niko rüber.

„Ganz gut“, erwidert sie, als sie wieder sprechen kann. „Und deins?“

„Öde.“ Niko greift in die Bärchentüte.

Öde? Wie das? Hatte er nicht irgendwas von einer

Party erzählt und dass in Berlin der Bär steppen würde? Carlotta legt ihren Ordner und das Federmäppchen auf den Tisch. Herr Frankenberg schreibt das neue Thema an die Tafel: Die Länge der Belichtungszeit bei Nachtaufnahmen.

Klingt ziemlich trocken für Carlotta. Natürlich weiß sie, dass zum Fotografieren und Filmen auch theoretisches Know-how gehört, aber die praktische Arbeit ist ihr eindeutig lieber. Einfach etwas ausprobieren. Ein bisschen herumexperimentieren. Das findet sie spannend. Von ihrem Vater weiß sie, dass es früher, als man noch Rollfilme benutzt hat, schade um jedes misslungene Bild war. Es war eine ziemlich kostspielige Angelegenheit, einen Film einfach so zu verschießen. Aber heutzutage fotografieren fast alle Künstler digital. Schlechte Aufnahmen kosten höchstens ein bisschen Speicherplatz auf der Karte. Sie können blitzschnell aussortiert und gelöscht werden. Carlotta findet das sehr praktisch. Sie kritzelt gerade ein paar Angaben zu den Blendenzeiten in ihr Notizbuch, die Herr Frankenberg an die Tafel geschrieben hat, als Niko sie mit dem Ellbogen anstupst.

„Ich hab dir was mitgebracht."

Carlotta hört mitten im Satz auf zu schreiben. Ihr

Kuli schwebt über dem karierten Papier. Niko hat ihr etwas mitgebracht. Das bedeutet, dass er am Wochenende an sie gedacht haben muss. Ach herrje … Sie schluckt.

Nikos Hand wandert über die Tischplatte. Als er sie öffnet und wieder wegzieht, sitzt eine hellbraune Figur vor Carlotta. Eine Künstlerpuppe aus Holz, wie man sie manchmal im Kunstunterricht verwendet, nur viel kleiner. Jemand hat ihr mit einem Filzstift Knopfaugen ins Gesicht gemalt. Auf ihrer hölzernen Brust prangt ein kleines Herz.

Wie süß ist das denn! Ob Niko die Figur so verziert hat? Carlotta tippt den kleinen Kerl an.

„Das ist Woody", flüstert Niko ihr zu.

„Cool!", grinst Carlotta. „Hast du das Herz und die Augen aufgemalt?"

„Yep", antwortet Niko. „Ich finde, es macht ihn irgendwie menschlicher. Er gibt übrigens ein ziemlich gutes Fotomodell ab. Ist vielleicht mal was anderes, als immer nur Gummibärchen und Knetmännchen zu knipsen."

Carlotta kann nur stumm nicken. Sie ist total sprachlos, dass Niko ihr so etwas Niedliches geschenkt hat.

Herr Frankenberg räuspert sich mit einem Blick, der ausdrücken soll, dass er mit ihrer Privatkonversation nicht ganz einverstanden ist. Carlotta setzt Woody schnell auf ihr Federmäppchen.

„Danke", flüstert sie.

Niko antwortet mit einem Lächeln.

„Wir machen demnächst eine Nachtexkursion, um die Blenden bei Dunkelheit auszuprobieren", verkündet Herr Frankenberg.

Carlotta horcht auf. Eine Nachtexkursion? Das klingt cool!

„Allerdings weiß ich von Frau Berger, dass einige von euch mit den Vorbereitungen für den Herbstball beschäftigt sind", fährt Herr Frankenberg fort. „Unsere Exkursion muss also bis nach dem Ball warten."

„Schade", murmelt Carlotta.

„Macht doch nichts", sagt Niko leise. „Dann machen wir unsere eigene Exkursion bei Nacht. Hast du Lust? Beim nächsten Vollmond vielleicht?"

Er streift sich eine Dreadlock aus dem Gesicht. Carlotta starrt ihn an. Meint er das ernst? Sie soll mit ihm durch die Gegend wandern? Nachts? Nur sie beide? Und das Ganze bei Vollmond, wenn alle normalen

Menschen in ihren Betten liegen und nur Vampire unterwegs sind?

„Hm, ja, vielleicht. Mal sehen“, nuschelt sie vage und ist froh, als Herr Frankenberg das Thema wechselt.

In der nächsten Tanzstunde hat Carlotta den geplanten Nachtausflug schon fast vergessen. Niko ist auch nicht wieder darauf zurückgekommen. Vielleicht war es doch nicht so ernst gemeint, überlegt sie, während sie der komplizierten Schrittkombination zu folgen versucht, die Robert und Fabienne vortanzen.

Wiener Walzer … Carlotta wischt sich einen Schweißtropfen von der Stirn. Braucht die Menschheit den zum Überleben? Eigentlich nicht, oder? Dabei sieht es ganz einfach aus, wie Herr Räpple und seine Partnerin sich zu der Musik bewegen. Schwungvoll, elegant und schwerelos.

Davon ist Carlotta meilenweit entfernt. Ihre rechte Hand, die locker auf Brendans Schulter ruhen soll, ist verkrampft. Ob es am Walzer liegt oder daran, dass Brendan nun schon zum dritten Mal an diesem Nachmittag mit ihr tanzen will, kann sie unmöglich sagen. Wahrscheinlich kommt eins zum anderen, versucht sie sich einzureden. Noch dazu, wo Niko ausgerechnet heute mit Jasmin tanzt. Die ist klein und zierlich, sieht wie eine orientalische Prinzessin aus und ist zwei Jahre älter als Carlotta. Immer wieder wirft sie dem Paar, das sich ein paar Schritte von ihr und Brendan entfernt im Kreis dreht, nervöse Blicke zu. Niko und Jasmin – die beiden passen irgendwie ziemlich gut zusammen.

„Aua!“, stöhnt Brendan auf.

„Sorry“, presst Carlotta hervor. „Tut mir echt leid!“

„Das war jetzt das fünfte Mal, dass du mir auf den Fuß getreten bist!“ Brendan verzieht das Gesicht. „Machst du das eigentlich mit Absicht?“

Carlotta glaubt nicht richtig zu hören. Sie funkelt Brendan an. „Natürlich nicht! Du kannst gerne mit jemand anderem tanzen, wenn du ein Problem mit mir hast!“

Sie lässt seine Hand los, als wäre sie giftig, und tritt einen Schritt zurück. Die anderen Paare tanzen um sie herum.

Sofort eilt Robert herbei.

„Gibt’s Probleme?“, erkundigt er sich lächelnd.

„Nein“, sagt Brendan.

„Doch!“, schnaubt Carlotta.

Robert klatscht in die Hände und ruft Fabienne zu sich.

„Partnertausch!“, verkündet der Tanzlehrer fröhlich und klatscht noch einmal.

Carlotta würde am liebsten im Hallenboden versinken. Sie soll mit Robert tanzen? Vor allen anderen? Das ist an Peinlichkeit echt nicht zu toppen!

Sie weiß nicht, wie sie die Tanzstunde überstanden hat, aber irgendwie hat sie es geschafft. Dank Roberts Geduld und sicherer Führung hat sie sogar den Walzer linksrum endlich kapiert. Jetzt ist sie allerdings total k.o. und nimmt dankbar die Wasserflasche entgegen, die Manu ihr hinhält. Manu hat mit einem Jungen aus Nikos Jahrgang getanzt, der zwei Köpfe kleiner ist als sie.

„Der Typ hat mich die ganze Zeit angeglupscht wie ein Frosch“, erzählt sie. „Total abartig. Außerdem hatte er Schweißhände.“

„Ist ja eklig!“ Carlotta hat sich mittlerweile daran gewöhnt, zweimal in der Woche mit wechselnden Jungs zu tanzen – es sei denn, einer dieser Jungs benimmt sich so uncharmant wie Brendan heute. So ein Blödmann!

Sofie steht etwas abseits und lässt Julian nicht aus den Augen. Als zwischendurch einmal Damenwahl war, hat sie versucht ihn als Tanzpartner zu ergattern, aber Vicky war schneller als sie und hat ihn ihr direkt vor der Nase weggeschnappt.

Sofie ist untröstlich. Obwohl sie sich die allergrößte Mühe gibt, behandelt Julian sie nach wie vor wie Luft. Allerdings ist sie keine Ausnahme. Auch die anderen Mädchen scheinen ihn nicht besonders zu interessieren.

„Vielleicht hat er eine Freundin in England", vermutet Carlotta.

„Oder er steht nicht auf Mädchen?" Manu grinst.

Carlotta prustet. „Glaubst du?"

„Keine Ahnung", meint Manu mit einem Schulterzucken. „Hättest du damit ein Problem?"

„Nö, überhaupt nicht", antwortet Carlotta. „Aber Sofie bestimmt. Sie gibt sich solche Mühe!"

„Seit Julian im Internat ist, noch mehr als vorher", bestätigt Manu.

Carlotta nickt. Sofie ist schon vor Julians Auftauchen modebewusst und bis in die Haarspitzen gestylt gewesen, aber in letzter Zeit hat sie ihren Einsatz fast bis zur Perfektion gesteigert. Sie nimmt sogar in Kauf, morgens eine Viertelstunde früher aufzustehen, um sich vor dem Frühstück aufzubrezeln. Und sie hat sich freiwillig für das Ballkomitee gemeldet. Nur weil Julian ebenfalls in dem Festausschuss ist, der sich um die Organisation, die Dekoration, die Menüfolge, die Ehrengäste und die Musik kümmert. Nichts überlässt sie dem Zufall – und doch ignoriert Julian sie hartnäckig. Vielleicht liegt Manu mit ihrem Verdacht gar nicht so verkehrt, dass Julian mehr auf Jungs steht? Auf Carlottas Gesicht breitet sich ein Grinsen aus, das allerdings schlagartig in sich zusammenfällt, als Niko in ihr Blickfeld rückt. Niko und diese … Jasmin!

Zum Glück fordert Frau Berger in diesem Moment die Aufmerksamkeit ihrer Schüler.

„Wie ihr wisst, wird unser Ball mit einer festlichen Polonaise eröffnet“, sagt sie. „Herr Räpple und ich haben vor ein paar Tagen die Paare zusammengestellt. Ich lese die Liste gleich vor. Wir werden die Polonaise in den nächsten Stunden mit euch einstudieren.“

Die Polonaise – auch das noch! Carlotta hört nur mit halbem Ohr hin, als Frau Berger die Namen vorliest.

Sofie und Brendan sollen ein Paar bilden, so viel bekommt sie mit und atmet insgeheim erleichtert auf. Soll Brendan doch mit Sofie Polonaise tanzen, bis er grün wird! Nach ihrem Streit heute ist ihr das vollkommen egal. Sofie wird ihm bestimmt nicht fünfmal hintereinander auf die Füße treten.

Sofie macht allerdings ein ziemlich unglückliches Gesicht, als ihr Name fällt. Es wird also wieder nichts mit ihrem Traumprinzen Julian. Carlotta wirft ihr einen aufmunternden Blick zu.

„Manuela und Julian." Frau Berger rückt ihre Brille zurecht.

In der Gymnastikhalle ist es schlagartig still. Die Barbies schnappen gleichzeitig nach Luft. Carlotta, Manu und Sofie starren sich an.

„Was?", entfährt es Manu. „Niemals!"

Julians Miene ist undurchdringlich wie immer. Nichts an ihm lässt Rückschlüsse zu, ob er mit Manu als Partnerin einverstanden ist oder nicht.

Frau Berger mustert Manu über den Brillenrand hinweg.

„Hast du eine Frage?"

„Ja, allerdings." Manu nickt. „Kann ich einen anderen haben? Oder alleine polonäsieren? Ich meine, eigentlich hab ich überhaupt keinen Bock auf das Theater. Ich hab noch nicht mal ein Kleid! Wahrscheinlich werde ich sowieso vorher noch krank. Mir ist jetzt schon schlecht. Echt, Frau Berger, das funktioniert nicht! Lieber würde ich –"

Die Lehrerin bringt sie mit einem einzigen Blick zum Schweigen. „Ich bin sicher, dass ihr wunderbar miteinander harmonieren werdet", ist der einzige Kommentar zu Manus Einwänden, bevor sie mit dem Abhaken ihre Liste fortfährt.

„Vielleicht könnt ihr kurz vorher heimlich tauschen", flüstert Carlotta ihren Freundinnen zu, die mit frustrierten Gesichtern neben ihr stehen. Sie selbst ist sich inzwischen ziemlich sicher, dass Frau Berger sie vergessen haben muss. Doch plötzlich fällt ihr Name.

„Carlotta und Nikolas", zwitschert Frau Berger. Sie beendet ihren Vortrag, indem sie ihre Brille abnimmt und sie an einer Goldkette vor ihrer Brust baumeln lässt. „Ihr seid das letzte Paar. Noch Fragen?"

„Upps!" Carlotta schlägt sich die Hand vor den Mund. Sie und Niko? Ist das Zufall? Schicksal? Kismet? Karma? Höhere Gewalt?

Egal was es ist, denkt sie und bekommt das Grinsen

nicht mehr aus ihrem Gesicht. Es ist auf jeden Fall ziemlich cool!

„Na super, du Glückspilz!", meckert Manu. „Wieso hab ich Pech und du nicht?"

Carlotta zuckt die Schultern und hört nicht auf zu grinsen. Ist der kleine Woody vielleicht ein Glücksbringer?

„Keine Ahnung", sagt sie ehrlich. „Ich kann doch nichts dafür!"

Über die Köpfe seiner Freunde hinweg wirft Niko ihr ein Lächeln zu. Er sieht aus, als wäre er genauso zufrieden wie sie.

Sofie seufzt. „Ich werde das Kleid zurückschicken und mir ein Testat besorgen. Wenn ich nicht mit Julian tanzen kann, will ich überhaupt nicht tanzen. Nie mehr!"

Carlotta weist sie vorsichtig darauf hin, dass es Attest und nicht Testat heißt, aber Sofie hört ihr gar nicht zu, sondern hadert stattdessen ausgiebig mit dem Schicksal, das es so schlecht mit ihr meint.

„Von mir aus kannst du diesen Julian geschenkt haben", mault Manu. „Ich mach sogar noch ein Schleifchen drum, wenn du willst!"

Sofie schüttelt entrüstet den Kopf.

Carlotta wendet sich lächelnd ab. Sie hat das Gefühl, auf Wolke sieben zu schweben. Zuerst das perfekte Kleid, jetzt der perfekte Tanzpartner. Das wird garantiert der schönste Abend ihres Lebens!

Frust hoch drei

Am Wochenende ist Carlottas gute Stimmung verflogen. Sich ein kleines Zimmer mit zwei Mitbewohnerinnen teilen zu müssen ist manchmal schon anstrengend genug. Es sich mit zwei extrem gereizten Mitbewohnerinnen teilen zu müssen ist die Hölle. Wenn man sich wenigstens aus dem Weg gehen könnte! Aber das ist im Internat nahezu unmöglich.

Sie verspürt keine Lust, das gemeinsame Zimmer zu räumen, nur weil Manu und Sofie ihre Launen pflegen. Schließlich sind sie nicht die Einzigen, die Frust haben. Was soll sie denn sagen? An diesem Wochenende hat ihr Vater Besuch von den Holländerinnen. Wer weiß, was die alles anstellen! Vielleicht rollen die gleich mit einem Möbelwagen an und ziehen ein?

Carlotta malt sich in den finstersten Farben aus, wie

Tessa und Lilly ihr Zuhause in Besitz nehmen. Nicht nur ihr Zuhause, sondern ihren Vater gleich dazu. Wahrscheinlich läuft er demnächst nur noch in Holzschuhen herum und ernährt sich von holländischem Käse. Und sie sitzt hier in der Pampa und kann nichts dagegen unternehmen!

Wie kann es angehen, dass anscheinend jeder in meiner Familie jemand Neues hat?, zerbricht sie sich den Kopf. Mama das Nilpferd und die Zwillinge. Papa diese Trulla mit ihrer Tochter. Nur ich steh komplett allein dazwischen. Als würde ich nicht mehr dazugehören. Überflüssig wie ein Vogeljunges, das von seiner Familie aus dem Nest geschubst wird und allein zurechtkommen muss. Das ist so unfair! Reicht es denn nicht, dass sie mich ins Internat abgeschoben haben? Anscheinend nicht …

„Sollen Manu und Sofie woanders hingehen und Frust schieben“, brummt sie schlecht gelaunt. „Ich bleib hier!“

Sie setzt sich an ihren Schreibtisch, um Aufnahmen für die Foto-AG zu sortieren. Herr Frankenberg plant ein Archiv mit Naturfotografien seiner Schüler anzulegen. Auf einer Exkursion hat Carlotta eine Bilderserie von Wolkenformationen geschossen, die perfekt passen würde. Sie muss die Aufnahmen nur noch ein wenig nachbearbeiten und in das passende Format bringen. Wenn Manu ihren Laptop rausrücken würde, wäre das Ganze in null Komma nichts erledigt, nur leider ist die seit Stunden damit beschäftigt, ihr dämliches Pferdespiel zu spielen, und es sieht nicht so aus, als wäre sie demnächst damit fertig. Natürlich könnte Carlotta stattdessen in die Bibliothek gehen oder sich den Schlüssel für das Fotolabor geben lassen, aber dazu kann sie sich nicht aufraffen.

Sofie sitzt am Fenster und starrt abwesend hinaus. Sie hat die Stöpsel ihres iPod in den Ohren und lauscht einem Klavierstück, das in seiner Dramatik perfekt zu ihrer düsteren Stimmung passt – so viel kann Carlotta dank der voll aufgedrehten Lautstärke hören.

Sie vergräbt den Kopf in beiden Händen und seufzt. Seit Frau Berger die Paarungen für die Polonaise bekannt gegeben hat, ist mit Sofie und Manu echt nichts mehr anzufangen. Als ob sie etwas dafür kann, dass außer ihr keiner seinen Traumpartner bekommen hat!

Sofie ist stocksauer auf Manu, weil die Julian als Partner bekommen hat.

Manu ist sauer auf alles und jeden, weil sie keine Lust hat, mit Julian zu tanzen.

Und beide sind sauer auf Carlotta, weil die mit Niko tanzen darf, ihrem Wunschpartner.

Geht's eigentlich noch verdrehter? So schlimm, wie Manu und Sofie tun, ist es nun wirklich nicht, für ein paar Minuten die Hand eines Jungen zu halten, in den man zufällig nicht verknallt ist, findet Carlotta.

Zu ihrer Überraschung klappt Manu plötzlich den Laptopdeckel zu und springt auf.

„Ich geh raus", sagt sie. „Frische Luft schnappen."

Carlotta wartet, bis sie in ihre Reitstiefel geschlüpft ist. Kurz bevor Manu aus dem Zimmer gehen will, fragt sie: „Kann ich deinen Laptop so lange haben?"

„Von mir aus", knurrt Manu.

„Cool, danke!", ruft Carlotta, aber Manu ist schon draußen.

Als Sofie ihre Ohrstöpsel herauszieht und ankündigt für eine Stunde oder zwei ins Klavierzimmer gehen zu wollen, hat Carlotta das Zimmer plötzlich für sich allein.

„Was für ein Luxus!", jubelt sie und wirft sich eine Handvoll Gummibärchen in den Mund, bevor sie Manus flachen Computer auf ihren Schreibtisch stellt und ihn aus dem Stand-by-Modus zum Leben erweckt.

Katie hat versprochen bei ihr zu Hause vorbeizugehen, um diese Lillyfee und ihre Srattje-Mutter mal unauffällig unter die Lupe zu nehmen und ihr anschließend Bericht zu erstatten. Vielleicht hat sie sich schon mit den Ergebnissen ihrer Observation gemeldet.

Eine Viertelstunde später ist die Gummibärchenschale auf ihrem Schreibtisch leer gefuttert. Carlotta und Katie haben sich bei Skype eingeloggt und schicken Messages hin und her.

Lotta13: Wie sieht diese Lilly denn nun aus?
CoolKat: Total normal. Braune Haare, normale Figur, normale Klamotten. Voll der Durchschnitt.
Lotta13: Und die Mutter?
CoolKat: Ziemlich hübsch.
Lotta13: Hübsch??
CoolKat: Yep.
Lotta13: Glaubst du, es ist was Ernstes?
CoolKat: Kann ich hellsehen? Frag Deinen Dad! Kommt er nicht zu Eurem Ball?
Lotta13: Doch, klar. Aber ich stell mir dauernd vor, dass er die vielleicht mitbringt!
CoolKat: Nee, glaub ich nicht. Aber selbst wenn: Sei tolerant und großzügig!

Lotta13: Danke. Super Tipp!
CoolKat: Bitte, gerne.
Lotta13: Grwmbl!
CoolKat: Muss Schluss machen, meine Mom hat gerufen.
Lotta13: Okay. Bis dann.
CoolKat: Ciao.

Carlotta verschränkt die Hände im Nacken und streckt sich. Das Ergebnis von Katies Beobachtungen ist nicht gerade befriedigend. Was soll sie sich unter einem normalen Durchschnittsmädchen und seiner hübschen Mutter vorstellen? Wie die beiden aussehen, hat schließlich überhaupt nichts damit zu tun, wie ernst die Lage wirklich ist! Wenigstens sind sie nicht gleich mit einem Möbelwagen angerückt. Das ist aber auch schon der einzige Hoffnungsschimmer am Horizont.

„So komm ich echt nicht weiter", murmelt sie. „Vielleicht krieg ich etwas mehr aus Paps heraus, wenn er zum Herbstball aufkreuzt."

Als die Zimmertür aufgerissen wird, zuckt Carlotta zusammen. Manu und Sofie poltern gleichzeitig herein. Manu windet sich ächzend aus ihren Reitstiefeln und kickt sie in eine Ecke.

„Ich hab dir gleich gesagt, dass der 'ne Doppelnull

ist!“, sagt sie zu Sofie. „Von wegen Lord … Der Typ ist genauso wenig adlig wie ich!“

Sofie legt wortlos einen Stapel Notenblätter auf ihren Schreibtisch und setzt sich anschließend auf ihr Bett.

„Was ist los?“, fragt Carlotta, während sie eine neue Gummibärchentüte aus ihrer Schreibtischschublade nimmt. Sie reißt die Tüte auf und schüttet den Inhalt in das Schälchen.

„Wir haben gerade die Barbies getroffen“, erzählt Manu. „Sie haben ein bisschen recherchiert und herausgefunden, dass unser guter Julian nur im Internat ist, weil seine tote Großtante das in ihrem Testament so verfügt hat. Sie hat wohl eine Art Treuhandfonds für ihn eingerichtet, damit er eine erstklassige Erziehung und Ausbildung bekommt. Ein Cousin von ihm war auch mal in Prinzensee. Ist zwar schon ein paar Jahre her, aber das Archiv der Jahrbücher vergisst keinen Schüler.“

„Ja, und? Das sagt aber doch nichts über seine Herkunft aus, oder?“, wendet Carlotta ein.

„Nee“, gibt Manu zu. „Aber die gute Vicky hat einen entfernten Verwandten in England, genauer gesagt in Wales. Den hat sie gebeten, mal ein bisschen über die Familie Brentley aus der Nähe von Cardiff nachzuforschen. Julians Vater ist – halt dich fest! – Chauffeur!"

Sofie stöhnt auf.

Manu prustet los.

„Chauffeur?", echot Carlotta.

„Unglaublich, oder?" Manu kichert. „Die Brentleys betreiben seit mehreren Generationen eine Autowerkstatt. Nebenbei chauffiert Julians Vater reiche Lords und Ladys durch die Gegend. Vielleicht hat sich unser kleiner Hochstapler von der adligen Kundschaft ein bisschen inspirieren lassen."

„Trotzdem muss seine Großtante ziemlich reich gewesen sein, wenn sie ihm so viel vererbt hat", sagt Carlotta nachdenklich und schiebt sich ein weißes Gummibärchen in den Mund. „Gute Manieren hat er auch. Und was ist mit Harry und William? Hat Julian nicht erzählt, dass er oft mit den beiden spazieren gegangen und sozusagen mit ihnen verwandt ist?"

„Alles Lüge", winkt Manu ab. „Damit wollte er sich garantiert nur wichtigmachen."

Von Sofie kommt ein erneutes Stöhnen.

Carlotta kann es ihr nicht verdenken. Wenn es tatsächlich stimmt, was die Barbies herausgefunden haben, wird manches klar. Woher soll Julian Polo und

Tennis spielen können, wenn er in einer Autowerkstatt aufgewachsen ist? Nur weil er eine alte Tante gehabt hat, die anscheinend großen Wert auf Ausbildung, gute Kleidung und Etikette gelegt hat, ist er noch lange kein Mitglied des britischen Hochadels. Adlige sind auch nicht automatisch superintelligent – wie seine megamiesen schulischen Leistungen eindrucksvoll beweisen.

Carlotta kann nicht anders und lacht los.

Sofie mustert sie mit einem empörten Blick.

„Sorry", presst Carlotta hervor. „Tut mir echt leid, aber … ich finde diese Story einfach unglaublich! Julian hat uns alle an der Nase herumgeführt! Was sagen die Barbies denn dazu?"

„Die sind natürlich stinksauer", antwortet Manu mit einem breiten Grinsen. „Immerhin haben die sich ziemlich heftig an ihn rangeschmissen. Und das, obwohl er die ganze Zeit total unter ihrem Niveau gewesen ist, wie sie jetzt festgestellt haben. Ich glaube, er hat ihren Barbie-Stolz zutiefst verletzt."

Carlotta lässt die Gummibärchenschale herumgehen. Manu greift sofort zu. Sofie schüttelt den Kopf. Anscheinend ist ihr die Enthüllung auf den Magen geschlagen. Arme Sofie … Carlotta gibt sich große Mühe, nicht mehr zu lachen.

Am Abend hat sich der Frust in Zimmer 128 ein wenig gelegt. Die Freundinnen haben gemeinschaftlich die Fensterbänke aufgeräumt, nachdem Frau Heselein sie noch einmal freundlich daran erinnert hat, und es sich anschließend auf Manus Bett gemütlich gemacht. Jetzt teilen sie sich eine Tüte Popcorn, die sie am Internatskiosk gekauft haben. Immer wieder schüttelt Sofie ihren Kopf.

„Wie konnte ich nur so dumm sein?", jammert sie.

„Liebe macht blind und blöd", mümmelt Manu, die inzwischen sogar so etwas wie Verständnis für Julian aufbringen kann. „Angeblich ist er bei sich zu Hause schon von zwei Schulen geflogen, haben die Barbies erzählt. Und er hatte ziemlichen Stress, weil er geschwänzt hat. Das macht ihn mir direkt sympathisch."

„Heißt das, du wirst jetzt doch mit ihm die Polonaise eröffnen?", fragt Carlotta neugierig.

„Klar. Wieso nicht?", meint Manu. „Bevor ich hier zwangseingewiesen wurde, bin ich auch von der Schule geflogen. So was verbindet!"

Carlotta wirft ihr ein Popcorn an den Kopf und grinst. „Ihr werdet das Traumpaar unseres Balls!"

Ein leises Rauschen kommt von Manus Laptop und

erinnert sie daran, dass sie vergessen hat sich auszuloggen.

„Soll ich ihn ausschalten?", fragt sie Manu, aber die schüttelt den Kopf.

„Nee, ich will nachher noch 'ne Runde spielen."

Carlotta steht auf und sieht, dass in ihrem Postfach eine neue Nachricht ist. Der Absender ist Niko. Ihr Herz macht einen dreifachen Rittberger. Besonders schreibwütig scheint der Gute allerdings nicht zu sein, stellt sie etwas enttäuscht fest. Seine Mail besteht nur aus einem einzigen Satz – „The Adventures of Woody, Part One" –, aber er hat eine Bilddatei angehängt. Carlotta öffnet sie und lächelt. Niko muss die Aufnahme gemacht haben, bevor er ihr Woody geschenkt hat. Die Holzpuppe hat den Kopf schräg gelegt und streckt ihr ein Gänseblümchen entgegen. Ist das süß! Am liebsten würde sie das Foto sofort ausdrucken, aber leider hat Manu keinen Drucker. Sie tippt ein schnelles „Danke schön! J" an Niko und schickt es ab, dann loggt sie sich endgültig aus.

Sturmwarnung

In den kommenden Tagen wird aus dem milden Spätsommerwetter schlagartig Herbst. Carlotta ist froh, dass ihre Mutter rechtzeitig ein Paket mit zwei neuen Pullis und einem Schal geschickt hat. Seit Tagen spürt sie schon ein Kratzen im Hals. Fehlt noch, dass daraus eine Erkältung wird. Bald ist der Ball. Nicht auszudenken, wenn sie kurz vorher noch krank würde!

Im Schloss hat es sich inzwischen blitzschnell herumgesprochen, dass Julians Herkunft nicht ganz so erlesen ist, wie alle dachten. Die, die es wissen, spalten sich in drei Lager. Den einen ist es vollkommen egal; die anderen fühlen sich betrogen; die dritte Partei betrachtet es als kleine Abwechslung in ihrem langweiligen Schulalltag.

Ob es auch schon bis zu Julian vorgedrungen ist,

dass er aufgeflogen ist, weiß niemand genau. Der Engländer gibt sich unverändert selbstbewusst, freundlich und souverän. Carlotta kann nicht anders, als ihn dafür zu bewundern. Eigentlich ist es ihr vollkommen egal, wer oder was er ist beziehungsweise nicht ist. Aber sie muss zugeben, dass sie die Entwicklung trotzdem ziemlich spannend findet. Sofie hat sich der Fraktion der Enttäuschten angeschlossen, an deren Spitze die gekränkten Barbies stehen. Nur Manu hält sich aus allem heraus und findet das ganze Thema lächerlich.

„Es ist mir vollkommen schnurz, ob er ein Lord, ein Prinz oder ein handzahmes Meerspringfrettchen ist", meint sie, als die drei sich durch einen heftigen Regenschauer in Richtung Gymnastikhalle kämpfen. „Für mich ist der Fall erledigt. Schließlich hat er niemandem etwas getan. Wozu also die Aufregung?"

„Hm, stimmt irgendwie." Carlotta zurrt ihren Schal fester, der sich in einer Windböe gelöst hat.

Sofie, die immer noch fassungslos ist, dass sie sich von Julians noblem Auftreten hat blenden lassen, hat Mühe, sich auf den Beinen zu halten und gleichzeitig den Pfützen auszuweichen. „Mon Dieu, was für ein Gewirbel!"

„Meinst du den Wirbel um Julian oder den Sturm?“, fragt Carlotta.

„Beides.“ Sofie hält ihren Schirm mit beiden Händen fest. Trotzdem reißt ihn die nächste Böe fast fort.

„Ey, Mann! So ein Mistwetter!“, schimpft jemand vor ihnen.

„Hi, Jonas!“, ruft Carlotta, kurz bevor sie umgerannt wird.

Jonas hebt den Kopf, als er die Mädchen erkennt. „Ach, ihr seid das! Wollt ihr wieder für den Schnöselball üben? Ich hab davon gehört.“

Manu zieht eine Augenbraue hoch. „Hast du was dagegen?“

„Klar. Jede Menge.“ Jonas grinst.

Carlotta ahnt, dass er es nicht so meint und Manu nur provozieren will. Sie lächelt ihm zu. Jonas antwortet mit einem Augenzwinkern. Während Manu und Sofie weitereilen, bleibt sie einen Moment bei ihm stehen.

„Lange nicht gesehen“, meint Jonas und schüttelt sich.

„Liegt eindeutig am Wetter“, antwortet Carlotta.

„Es soll noch schlimmer werden“, sagt Jonas. „Angeblich kommt ein Jahrhundertsturm auf uns zu.“

Carlottas Blick fällt auf die hohen Bäume, die ringsherum stehen und bedrohlich ächzen und wanken.

„Nicht sofort", beruhigt Jonas sie. „Erst in ein paar Tagen."

„Hoffentlich nicht ausgerechnet zu unserem Ball." Carlotta wischt sich eine feuchte Haarsträhne aus der Stirn.

„Wär's so schlimm, wenn der ins Wasser fiele?" Jonas mustert sie aufmerksam.

„Klar. Es wär echt schade um die ganze Arbeit, die wir reingesteckt haben", antwortet Carlotta. „Nicht nur um das Tanztraining, auch um die Deko, die die Kunst-AG gebaut hat, um die Einladungen, die wir verschickt haben, die Musik, das Essen und alles. Da steckt wirklich viel Mühe drin."

„Und das alles nur, damit die schnieken Schnösel Walzer tanzen können." Jonas schüttelt den Kopf. „Als ob's nichts Wichtigeres auf der Welt gäbe."

„Zufällig gehöre ich in diesem Fall auch dazu." Carlotta runzelt die Stirn. Sie weiß, dass Jonas dem Internat und seinen Bewohnern skeptisch gegenübersteht. Er besucht lieber ein Gymnasium in der Stadt, obwohl er dafür einen längeren Weg in Kauf nehmen muss. „Hast du ein Problem damit?"

Jonas zögert mit der Antwort. Das Grinsen ist aus seinem Gesicht verschwunden. „Du bist anders als die“, sagt er schließlich. „Das hab ich vom ersten Moment an gewusst.“ Er macht einen kleinen Schritt auf sie zu und streckt die Hand aus, als wolle er ihr Gesicht berühren.

Carlotta hält unwillkürlich die Luft an, doch kurz bevor Jonas’ Fingerspitzen ihre Wange erreichen, scheint er es sich anders zu überlegen und zieht die Hand zurück.

„Tschüss, Prinzessin“, sagt er so leise, dass Carlotta ihn kaum hören kann. Dann dreht er sich um und stapft davon.

Carlotta schluckt. Der Regen rinnt ihr kalt übers Gesicht.

„Was war das denn?“, murmelt sie und folgt den anderen.

Kurz vor der Gymnastikhalle kommt ihr noch jemand entgegengelaufen: eine lange, dünne Person, die in einen himmelblauen Jogginganzug gehüllt ist, der in all dem trüben Grau und Grün des Parks fast zu leuchten scheint.

„Hallo, Herr Dunker“, begrüßt Carlotta ihren Sportlehrer.

Der Spargel verlangsamt seine Schritte und joggt auf der Stelle.

„Hallo“, sagt er freundlich und betätigt ein paar Knöpfe an seiner wasserdichten Multifunktionssportuhr.

„Sie haben sich aber kein schönes Wetter zum Joggen ausgesucht.“ Carlotta schnieft.

„Stimmt!“, bestätigt Herr Dunker fröhlich. „Aber da kann man nichts machen.“ Er winkt Carlotta zu und trabt weiter.

Carlotta grinst, als sie die Tür zur Gymnastikhalle aufstößt und endlich ins Trockene kommt. Sofie und Manu warten im Vorraum auf sie.

„Habt ihr den Spargel gesehen? Hoffentlich weht er nicht weg.“

„Ach, der joggt bei jedem Wetter“, winkt Manu ab. „Der kann das ab!“

Eine halbe Stunde später sind Carlottas Haare getrocknet, aber sie würde einiges darum geben, mit dem Spargel um den See zu joggen, anstatt in einer Endlosschleife die Polonaise wiederholen zu müssen.

Herr Räpple ringt die Hände.

„Achtet bitte auf euren Einsatz!“, fleht er Manu und Julian an. „Von euch hängt alles ab!“

Manu und Julian grinsen.

Carlotta fragt sich, ob sie die Polonaise möglicherweise mit Absicht sabotieren. Es sieht fast so aus.

Als hätte Niko ihre Gedanken gelesen, flüstert er ihr zu: „Die Spontis sprengen den Ball!"

Carlotta kann nicht anders und kichert los.

Herr Räpple, Fabienne und Frau Berger wechseln einen entnervten Blick, was alles nur noch schlimmer macht. Carlotta hält sich schnell die Hand vor den Mund. Neben ihr fängt Niko leise an zu lachen.

„Hör auf!", jammert Carlotta. „Ich krieg gleich Schluckauf!"

Nikos Antwort ist ein Prusten.

Die ganze Tanzstunde ist eine einzige Katastrophe! Zuerst klemmte etwas am CD-Wechsler, dann gab es wegen des Sturms Stromschwankungen und jetzt stellen Manu und Julian sich an, als hätten sie zusammen vier linke Füße und ein halbes Gehirn. Wie soll man da ernst bleiben?

Carlotta krallt ihre Finger in Nikos Ärmel, aber der lacht einfach weiter. Dabei hat Robert mehrfach betont, dass die Polonaise eine ernst zu nehmende Angelegenheit wäre. Allerdings würde sie mit dem Paar stehen und fallen, das die Polonaise eröffnet – und das ist in diesem Fall ein Duo, dem es eindeutig an dem nötigen Respekt gegenüber dieser Aufgabe mangelt.

Kein Wunder, dass Herr Räpple kurz vorm Ausflippen ist, denkt Carlotta und beißt sich auf die Unterlippe.

Warum ausgerechnet Manu und Julian den Ball eröffnen sollen, ist ihr ein absolutes Rätsel. Soll der Tanzlehrer doch ein anderes Paar auswählen. Eins, das es ernster meint. Sofie und Brendan zum Beispiel.

Carlotta wirft einen Blick über die Schulter und stellt fest, wie gut die beiden zueinanderpassen. Beide sind groß, schlank und unglaublich attraktiv. Und sie scheinen sich blendend miteinander zu verstehen. Bahnt sich da vielleicht etwas an? Carlotta lächelt.

Irgendwann schaffen es Manu und Julian schließlich, die Polonaise einigermaßen gesittet in die Halle zu führen, sich vor einem imaginären Publikum zu verneigen und zu den ersten Klängen einer Walzermelodie den Tanz zu eröffnen.

Herr Räpple wischt sich erleichtert den Schweiß von der Stirn und ruft: „Alles Walzer!“

Mehr oder weniger elegant fangen alle Paare an sich im Kreis zu drehen. Carlotta fühlt sich sicher. Niko ist ein toller Tänzer. Sie tritt ihm nur ein einziges Mal auf die Füße. Er quittiert es mit einem leichten Grinsen.

Carlotta hätte überhaupt nichts dagegen stundenlang mit ihm weiterzutanzen, doch nach einer Polka und einer Quadrille ist die Tanzstunde zu Ende.

Niko verbeugt sich und bedankt sich bei ihr. Carlotta nickt ihm mit gesenktem Kopf huldvoll zu, wie sie es gelernt hat.

Wie er wohl im Anzug aussieht?, schießt es ihr durch den Kopf. Und wie es wohl ist, im Ballkeid zu tanzen? Ob wir das vorher üben?

„Wir treffen uns am Donnerstagnachmittag vor dem Ball zu einer Generalprobe im Festsaal!", ruft Frau Berger. „Zieht bitte die Schuhe an, die ihr auch beim Ball tragen werdet, um sie einzutanzen."

Schuhe eintanzen? Carlotta zieht die Nase kraus. Und was ist mit dem Kleid? Muss das nicht eingetanzt werden?

„Wer möchte, darf komplette Ballkleidung tragen." Mit einem Klatschen beendet Robert den Unterricht.

Also doch, denkt Carlotta.

Niko und sie bleiben unschlüssig stehen.

„Wollen wir zusammen zurückgehen?" Niko schiebt beide Hände in die Taschen seiner Cargohose.

„Warum nicht?“, nickt Carlotta. Manu und Sofie sind in dem Gedränge verschwunden. Die werden schon merken, dass sie vorausgegangen ist.

Seite an Seite stapfen Carlotta und Niko wenig später durch den Park. Der Regen hat etwas nachgelassen, nur der Wind fegt immer noch stürmisch über die freien Flächen und peitscht das Wasser des Sees auf.

„Ich hab gehört, dass dein Vater auch auf dem Internat war“, sagt Niko, nachdem sie eine Weile schweigend nebeneinander hergegangen sind. „Kommt er zum Ball?“

„Ja, klar“, antwortet Carlotta.

„Freust du dich?“

„Sicher“, meint Carlotta. „Allerdings hab ich ein bisschen Schiss, dass er seine neue Freundin mitbringen könnte. Ich kenn sie noch nicht. Wer weiß, ob ich sie mag.“

Niko hebt den Kopf und betrachtet die alten Bäume, deren Zweige im Wind tanzen. „Bist du sauer, dass deine Eltern sich getrennt haben?“

„Nee, sauer nicht“, sagt Carlotta zögernd. „Eher traurig. Obwohl … doch, ich bin auch sauer. Ich finde, sie hätten mehr kämpfen müssen. Nur weil sie aufgegeben haben, sind wir jetzt keine Familie mehr."

„Das ist bestimmt nicht so einfach." Niko zieht die Schultern hoch. „Vielleicht ist es manchmal besser, wenn zwei sich trennen, anstatt nur noch zu kämpfen. Ich glaub, es ist wichtig, den richtigen Zeitpunkt zu erwischen. Wenn man den verpasst, verliert man den Respekt voreinander."

Carlotta betrachtet ihn unauffällig von der Seite. Seine Augen haben wieder diesen melancholischen Glanz, der ihr schon bei ihrer ersten Begegnung aufgefallen ist.

Ob er von seinen eigenen Eltern spricht? Haben die vielleicht den richtigen Zeitpunkt verpasst? Manchmal ist Niko ihr ein Rätsel. Er kann total lustig und albern sein. Und dann ist er plötzlich wieder ernsthaft und nachdenklich. Fast erwachsen. So wie jetzt.

Niko spürt ihren Blick und wendet ihr sein Gesicht zu.

„Ist was?", fragt er. Ein kleines, spöttisches Lächeln umspielt seine Mundwinkel.

Carlotta schüttelt den Kopf und konzentriert sich wieder auf den Weg, der von herabgefallenen Ästen übersät ist. Als sie strauchelt, greift Niko blitzschnell nach ihrem Arm und hält sie fest. Für einen kurzen Moment bleiben sie stehen und schauen sich an. Carlotta weiß gar nicht, was sie sagen soll. Wenn er sie jetzt küsst, dann –

„Hey, wartet mal!“

Carlotta fährt herum. Manu, Sofie, Julian und Brendan kommen auf sie zugetrabt. Ausgerechnet jetzt!

Niko schenkt ihr einen komisch-verzweifelten Blick. Offensichtlich ärgert er sich genau wie sie über das Auftauchen der anderen. Doch dann legt er einen Arm um ihre Schultern – einfach so und ganz selbstverständlich, als wäre das die normalste Sache der Welt – und schaut den anderen entgegen.

Carlottas Herz klopft wie verrückt, während sie versucht die neugierigen Blicke ihrer Freundinnen zu ignorieren. Zum Glück reißt Manu sich zusammen und macht keine blöde Bemerkung. Genau wie Sofie beschränkt sie sich auf ein dezentes Grinsen. Brendan hebt eine Augenbraue. Nur Julian scheint es nicht die Bohne zu interessieren, dass Nikolas' Arm um Carlottas Schultern liegt. Er springt mit beiden Füßen in eine Pfütze, fängt an zu steppen und trällert dazu in voller Lautstärke „I'm singing in the rain!“.

Carlotta kann nicht anders und lacht laut los. Besonders als Niko seinen Arm wegzieht und plötzlich anfängt zusammen mit Julian auf dem durchweichten Weg zu tanzen. Brendan übernimmt den Gesangspart.

„Gegen euch kann jede Boygroup einpacken!“, ruft Carlotta den Jungs zu und reckt einen Daumen nach oben.

„Sieht aus wie ein brasilianischer Regentanz“, stellt Manu trocken fest. „Wenn ihr so weitermacht, hört es nie wieder auf zu regnen. Wetten?“

„Nur das nicht!“, sagt Sofie.

Niko strahlt Carlotta an. „Mach ein Foto! Der Beginn der neuen Regenzeit muss für die Nachwelt dokumentiert werden!“

Carlotta zückt schnell ihr Handy. Der Schnappschuss wird zwar etwas wackelig, aber Niko sieht trotzdem süß aus, stellt sie fest. Sehr süß sogar.

Alles über Julian

Am Abend vor dem Ball schüttet es wie aus Eimern. Der Himmel schimmert stahlgrau. Das Wasser des Prinzensees ist aufgewühlt. Im fahlen Schein der Laternen schwappen hohe Wellen über die Uferböschung und überschwemmen die Wege. Im Park hat der Sturm gegen Mittag einen Baum entwurzelt. Zwei Gärtner waren fast den ganzen Nachmittag damit beschäftigt, ihn zu zerlegen und beiseitezuräumen.

Carlotta, Sofie und Manu sind in ihrem Zimmer. Sie ziehen sich um und hängen ihre Ballkleider in die Schränke zurück. Wider Erwarten ist die Generalprobe im Festsaal des Schlosses ohne Zwischenfälle über die Bühne gegangen. Manu und Julian haben ihren Part mit Bravour gemeistert. Manu weiß allerdings nicht, ob sie sich darüber freuen soll. Sie hat irgendwo aufgeschnappt, dass eine reibungslose Generalprobe ein schlechtes Omen für Was-auch-immer wäre und ist nun der festen Überzeugung, dass irgendein schlimmes Ereignis unmittelbar bevorstehen muss.

Die Freundinnen zucken jedes Mal zusammen, wenn eine besonders heftige Böe um das alte Gemäuer fegt und an den Fenstern rüttelt. Draußen ist es mittlerweile stockfinster. Immer wieder lassen Stromschwankungen das Licht flackern und tauchen das Schloss sekundenlang in tiefe Dunkelheit.

„Mon Dieu!", jammert Sofie, als die Lampen wieder aufleuchten. „Muss denn ausgerechnet heute die Welt untergehen?"

„Lieber heute als morgen." Manu betrachtet das Kleid, das ihre Mutter ausgesucht und ihr vor ein paar Tagen geschickt hat, als wäre es etwas Radioaktives, das sie normalerweise nicht mal mit einer Kneifzange anfassen würde. Es ist aus elfenbeinfarbenem Satin und hat ein mit Spitzen besticktes Oberteil. Im Gegensatz zu Manu finden Carlotta und Sofie es wunderschön und sind außerdem der Meinung, dass es ihr richtig gut stehen würde. Manu scheint das wenig zu beeindrucken. Sie nimmt das Kleid und stopft es achtlos in ihren Schrank.

Carlotta grinst. Die Schmetterlinge in ihrem Bauch haben für einen kurzen Moment aufgehört mit den Flügeln zu schlagen. Doch das Grinsen, das seit dem Nachmittag im Park, als Niko seinen Arm um sie gelegt hat, auf ihrem Gesicht liegt, lässt sich einfach nicht abstellen. Dass ihre Freundinnen sie ständig damit aufziehen, dass sie offensichtlich schwer verliebt ist, ist ihr total egal. Das Gefühl ist so dermaßen unbeschreiblich schön, dass sie bereit ist alles dafür in Kauf zu nehmen – sogar den Spott ihrer Mitbewohnerinnen.

Der kleine Woody sitzt auf ihrem Nachttisch. Immer wieder muss Carlotta ihn anschauen und dabei an Niko denken. Gestern hat sie der Holzpuppe ein paar Gummibärchen auf die Schultern gesetzt und sie fotografiert. Die Bilder hat sie Niko gemailt.

Niko, Niko, Niko, summt es in ihrem Kopf.

„Kann dein Vater bei dem Mistwetter überhaupt kommen?“, unterbricht Manu das Gesumme.

„Doch, klar“, meint Carlotta. „Wenn's nicht schlimmer wird, kommt er auf jeden Fall.“

„Und? Bringt er seine neue Flamme mit?“ Manu wirft sich auf ihr Bett und wickelt einen Schokoriegel aus.

„Nö, glaub ich nicht.“ Carlotta zuckt die Achseln.

„Ich hab ihn zwar gefragt, aber er hat am Telefon nur ziemlich blöd rumgedruckst. Gut möglich, dass es mit Srattje schon wieder aus ist. Irgendwie hat mein Vater Pech mit der Liebe. Keine Ahnung, wieso."

„Dabei sieht er so gut aus", sagt Sofie.

„Tja, Aussehen ist nicht alles", seufzt Carlotta. „Vielleicht ist er zu gutmütig. Oder er arbeitet zu viel. Außerdem ist er ein schrecklicher Chaot. Wahrscheinlich kommen die meisten Frauen damit nicht so gut zurecht. Aber wie gesagt, ich weiß es nicht. Gut möglich, dass er noch mit Tessa zusammen ist. Ich werd ihn morgen einfach fragen. Wenn er erst mal hier ist, kann er mir nicht mehr so schnell entkommen."

„Gute Idee", stimmen Manu und Sofie zu.

„Wollen wir jetzt zum Abendessen gehen? Es hat schon gegongt." Carlotta schließt die Schranktür und streckt sich. Ihr Magen knurrt. Tanzen macht eindeutig hungrig.

„Klar", sagt Manu und springt auf.

Sofie nickt.

Es kommt Carlotta vor, als hätten sich alle Schlossbewohner im Speisesaal versammelt, weil bei dem Sturm niemand allein in seinem Zimmer bleiben wollte. Besonders die Fünftklässler nicht. Sie schauen sich ängstlich um und rücken bei jedem Fauchen des Windes und Flackern des Lichts noch ein bisschen enger zusammen.

„Erinnert ihr euch noch an den Sturm in unserem ersten Schuljahr? Als wir nachts durch den Park ins Gewächshaus geschlichen sind?“, fragt Carlotta lächelnd.

Sofie und Manu nicken.

„Klar. Aber dieser hier ist noch ’ne ganze Ecke schlimmer“, meint Manu. „Wenn das so weitergeht, fällt der Ball morgen garantiert ins Wasser!“

Sofie macht große Augen.

Carlotta runzelt die Stirn. Wegen dem bisschen Wind und Regen soll der Ball ausfallen? Okay, es ist vielleicht ein bisschen mehr als nur ein bisschen Wind. Und der Regen rauscht auch schon seit Stunden ununterbrochen und erinnert mehr an einen tropischen Wasserfall als an einen Schauer. Aber das ist doch kein Grund, gleich den ganzen Ball abzusagen!

Sie entdecken drei freie Plätze und bahnen sich mit ihren Tabletts einen Weg durch das Gedränge. Im Vorbeigehen winkt Carlotta zuerst Niko und kurz darauf Brendan zu. Beide winken lächelnd zurück.

„Örks, da sitzen die Barbies“, bemerkt sie.

„Solange ich nicht bei einer von ihnen auf dem Schoß hocken muss, werde ich's überleben", meint Manu ungewohnt großzügig.

Noch jemand sitzt an dem Tisch, stellt Carlotta fest, als sie ihr Tablett abstellt und sich auf einen Stuhl fallen lässt: Julian. Er löffelt seinen Gemüseeintopf und schaut nur kurz auf, als Carlotta ihn begrüßt.

„Schmeckt's?", fragt Manu freundlich.

„Very tasty", versichert Julian und löffelt weiter.

Sofies Ohren werden rot.

Die Barbies stecken ihre Köpfe zusammen und flüstern miteinander. Sie würdigen Carlotta, Manu und Sofie kaum eines Blicks. Carlotta ist das ganz recht. Sie fühlt sich in der Gesellschaft der aufgebrezelten Mädchen einfach nicht wohl und ist froh, wenn sie nicht mehr als einen knappen Gruß mit ihnen wechseln muss.

Die drei strahlen eine Kälte und Arroganz aus, dass es fast schon wehtut, denkt sie und widmet sich ihrem Abendbrot.

Eine ganze Weile wird an ihrem Tisch schweigend gegessen, bis Vicky ihren Teller plötzlich so schwungvoll von sich wegschiebt, dass das Besteck klirrt. Sie stößt sich mit beiden Händen vom Tisch ab und rutscht ein Stück nach hinten. Die Füße ihres Stuhls schrammen mit einem schrillen Quietschen über den gefliesten Boden. Das Geräusch ist so unangenehm, dass Carlotta sich vor Schreck verschluckt.

„Geht's noch?", erkundigt sich Manu bei Vicky. „Man kann auch leise aufstehen, wenn man mit dem Essen fertig ist."

„Das musst du gerade sagen, Trampel!", faucht Vicky.

Manu hebt eine Augenbraue. Ihre Gabel, auf der sich ein Berg Gemüse türmt, verharrt auf halbem Weg zwischen Teller und Mund.

Julian schaut auf, tupft seine Lippen mit einer Serviette ab und legt diese sorgfältig zusammen, bevor er sie unter seinen Teller schiebt.

„Gibt es ein Problem, Ladys?", fragt er höflich.

„Und ob!" Vicky funkelt ihn an.

Simone und Nadine nicken grimmig.

Julian trinkt einen Schluck Wasser und setzt das Glas anschließend betont langsam wieder ab.

„DU bist das Problem!", schleudert Vicky ihm entgegen.

Carlotta hält erschrocken die Luft an. Genau wie Sofie, die unwillkürlich ein Stück zur Seite rückt.

Manu schüttelt den Kopf. „Hast du sie noch alle?“, fragt sie Vicky. „Was soll das werden?“

„Was das werden soll?“ Vickys schrille Stimme schnappt fast über. Ihr Gesicht glüht. „Frag doch mal diesen … diesen Betrüger! Der schleimt sich hier ein und behauptet, er wäre mit dem englischen Königshaus verwandt! Dabei ist sein Vater nur ein dämlicher Automechaniker in irgendeinem walisischen Kuhkaff! Ich glaub’s einfach nicht!“

„Ich auch nicht!“, zischt Manu. Sie steht halb von ihrem Stuhl auf, legt beide Hände auf die Tischplatte und beugt sich weit vor, als wolle sie Vicky und deren Freundinnen genauer ins Visier nehmen.

Im Speisesaal ist es mucksmäuschenstill. Alle haben aufgehört zu essen und wenden ihre Gesichter dem langen Fenstertisch zu. Nur die Lehrer haben noch nichts von dem Streit bemerkt und essen ungerührt weiter. Man hört sie miteinander sprechen und ihr Geschirr leise klappern. Es sind die einzigen Geräusche im Saal.

Carlotta zupft an Manus Ärmel. „Setz dich wieder hin“, raunt sie ihr zu. „Alle gucken schon.“

„Na und?“, blafft Manu sie an.

Carlotta zieht ihre Hand zurück. Dann eben nicht!

„Kannst du vielleicht auch mal was zu der Sache sagen?“, mischt Nadine sich plötzlich ein. Sie starrt Julian an, der ruhig auf seinem Platz sitzt und lächelt.

Carlotta fragt sich, ob er überhaupt versteht, was gerade passiert. Seiner unbeteiligten Miene nach zu urteilen bekommt er höchstens die Hälfte mit, wenn überhaupt. Oder kann es sein, dass es ihn nicht interessiert? Prallt wirklich alles an ihm ab?

„Ich weiß nicht, was ihr wollt“, sagt er nach einer Weile. Seine Stimme klingt sehr beherrscht, aber Carlotta glaubt ein leichtes Zittern darin zu hören. „Ich habe nie irgendetwas behauptet. Alles, was ihr in mir gesehen habt, habt ihr euch selbst zurechtgelegt. Ich war für euch von Anfang an der englische Prinz oder Lord oder was auch immer. Ich habe nie gesagt, dass ich einer bin. Ich bin weder ein Lügner noch ein Betrüger.“

Carlotta, Sofie und Manu wechseln einen erstaunten Blick.

Irgendwie hat er Recht, denkt Carlotta. Und irgendwie ist er ziemlich cool.

„Und was ist mit Harry und William?“, schnaubt Nadine. „Du hast gesagt, du wärst mit ihnen spazieren gegangen! Und dass ihr miteinander verwandt seid!“

Julian lacht auf. Seine Augen verengen sich zu schmalen Schlitzen.

„Stimmt genau", entgegnet er kühl. „Harry und William hießen die beiden Hunde meiner Großtante. Ich bin oft mit ihnen spazieren gegangen, als ich klein war. Kann ich was dafür, dass meine Großtante einen Hang zur Monarchie hatte und ihre Pudel nach den englischen Thronfolgern benannt hat? Für sie waren es Familienmitglieder. So what?"

„Pudel?", schrillt Simone.

Im Speisesaal breitet sich Lachen aus. Zuerst nur an einzelnen Tischen, schließlich im ganzen Saal. Die Lehrer schauen verwundert auf. Vicky, Nadine und Simone werden knallrot.

„Du bist und bleibst ein mieser, kleiner Hochstapler", zischt Nadine Julian kaum hörbar zu. „Es ist eine Schande, dass so was wie du in unserem Internat ist!"

„Genau!" Vicky nickt heftig. „Fast wären wir auf dich reingefallen!"

„Jetzt reicht's!" Manu ballt die Fäuste. „Haltet endlich eure Klappen! Ihr glaubt wohl, nur weil ihr mit goldenen Löffeln im Mund geboren wurdet, seid ihr was Besseres!"

„Allerdings sind wir das!", betont Simone. „Im Gegensatz zu dir und diesem Typen ganz bestimmt!"

Julian holt tief Luft und nickt langsam. Dann steht er auf, stellt sein Geschirr zusammen und nimmt sein Tablett. Alles betont ruhig und ohne mit der Wimper zu zucken.

„Good evening, Ladys", sagt er mit einem leichten Lächeln zu Carlotta, Sofie und Manu, bevor er sich durch die Reihen in Richtung Ausgang schiebt.

Alle Blicke folgen ihm. Er stellt sein Tablett auf einen der Geschirrwagen und stößt die Schwingtür auf. Dann ist er verschwunden.

Carlotta wagt wieder zu atmen. Sie hat gar nicht gemerkt, dass sie die ganze Zeit die Luft angehalten hatte. Manu knüllt ihre Serviette zusammen, wirft sie auf den Tisch und eilt hinter Julian her.

Carlotta und Sofie schauen sich an. Sofie zuckt hilflos die Achseln. Ihre Augen sind riesengroß. Ganz kurz überlegt Carlotta, ob sie vielleicht hinter Manu herlaufen soll, aber dann lässt sie es bleiben. In dieser Stimmung mit ihr reden zu wollen ist zwecklos. Wenn Manu so aufgebracht ist wie jetzt, lässt man sie lieber in Ruhe. So viel hat Carlotta in den gemeinsamen Jahren im Internat gelernt. Vielleicht ergibt sich später eine

Gelegenheit. Hauptsache, Manu beruhigt sich wieder. Und Julian auch.

Der Ärmste, denkt sie. Musste es wirklich sein, ihn vor allen anderen bloßzustellen?

Sie wirft den Barbies einen giftigen Blick zu, aber die tun so, als hätten sie es nicht bemerkt. Sie werfen ihre Haare zurück und grinsen triumphierend, bevor sie in aller Seelenruhe zu Ende essen. Die drei sind echt das Allerletzte!

Zwei fehlen

Als Carlotta und Sofie eine halbe Stunde später in ihr Zimmer zurückkehren, ist Manu nicht da. Es sieht aus, als wäre sie nach dem Abendessen gar nicht dort gewesen. Ihr Bett ist genauso unberührt und unverändert wie das Chaos aus Naschkram, Pferdebüchern und leeren DVD-Hüllen ringsherum.

„Merkwürdig", meint Sofie.

Carlotta stimmt ihr zu. Wo kann Manu um diese Uhrzeit sein? Normalerweise beginnt jetzt die offizielle Abendruhe. Nach dem Essen gehen alle Schüler in ihre Zimmer, um Hausaufgaben zu erledigen, sich auf Klausuren vorzubereiten oder zu lesen. Manche gehen dazu auch in die Bibliothek oder treffen sich mit Freunden in einem der Aufenthaltsräume. Aber zu denen gehört Manu nicht. Normalerweise jedenfalls nicht.

Carlotta sieht sich aufmerksam um.

„Ihre Jacke ist weg“, stellt sie fest. „Sie muss kurz hier gewesen sein.“

„Wozu braucht sie eine Jacke?“ Sofie tippt sich an die Nase.

„Keine Ahnung“, antwortet Carlotta. Sie setzt sich auf ihren Drehstuhl und fährt ein paarmal im Kreis. Manchmal hilft das beim Nachdenken. Heute allerdings nicht. Auch die drei weißen Gummibärchen, die sie sich zwischen die Zähne schiebt, haben nicht den gewünschten Effekt.

„Die taucht schon wieder auf“, sagt sie zu Sofie. „Spätestens wenn die Eselbein ihren Rundgang macht, ist sie wieder da.“

„Und wenn sie weggelaufen ist?“ Sofie blättert in einem Französischbuch, das aufgeschlagen auf ihrem Schreibtisch liegt.

Carlotta stutzt. Wieso sollte Manu weglaufen? Nur weil sie sich mit den Barbies in der Wolle hatte? Das passiert so regelmäßig, dass man die Turmuhr danach stellen könnte!

„Nee“, meint sie. „Glaub ich nicht. Vielleicht macht sie nur einen Spaziergang.“

„J’espère bien“, sagt Sofie. „Ich hoffe es.“

Als die Hausmutter ihren Abendrundgang auf dem Mädchenflur macht, ist Manu noch nicht wieder aufgetaucht.

„Wir müssen es ihr wohl sagen“, seufzt Carlotta, als sie die Stimme der Lehrerin im Flur hört.

„Aber dann bekommt Manu Ärger“, wendet Sofie ein.

Carlotta überlegt fieberhaft. Sollen sie so tun, als wäre Manu nur kurz im Waschraum? Das würde bedeuten Frau Heselein anzulügen. Aber Manu käme davon nicht wieder. Im Gegenteil, in einer halben Stunde werden sämtliche Eingangstüren abgeschlossen. Falls Manu tatsächlich draußen sein sollte, hätte sie spätestens dann keine Chance mehr, ins Schloss zu gelangen, ohne Alarm schlagen oder einen Lehrer wecken zu müssen. Was sollen sie nur tun?

Die Stimme von Frau Heselein kommt immer näher.

„Wir sagen's ihr!“ Carlotta steht auf. „Ich hab kein gutes Gefühl bei der Sache. Draußen schwappt der See über die Ufer und der Sturm knickt reihenweise Bäume um. Wenn Manu etwas passiert, dann –“

Sie kommt nicht dazu, ihren Satz zu beenden. Frau Heselein klopft an die Tür und schiebt kurz darauf ihren Kopf ins Zimmer. „Guten Abend. Alles in Ordnung bei euch?“

Sofie und Carlotta wechseln einen unschlüssigen Blick. Schließlich nickt Sofie kaum merklich. Carlotta fasst sich ein Herz.

„Manu ist nicht da. Sie ist seit dem Abendessen verschwunden. Wir wissen nicht, wo sie ist.“

Frau Heselein hebt die Augenbrauen und kommt ins Zimmer.

„Seit dem Abendessen?“ Sie schaut auf ihre Armbanduhr. „Es ist halb zehn. Das ist Stunden her! Kann sie noch in einem der Aufenthaltsräume sein und die Zeit vergessen haben?“

„Wir glauben, dass sie draußen ist“, gesteht Carlotta.

„Ihre Jacke ist weg“, fügt Sofie hinzu.

Die Lehrerin nickt. „Gut, danke. Ich werde mich darum kümmern. Bleibt bitte in eurem Zimmer und geht zu Bett.“ Die Hand auf der Türklinke, dreht sie sich noch einmal um. „Ist irgendetwas vorgefallen? Könnte es einen Grund für Manuelas Verschwinden geben?“

Wieder schauen Carlotta und Sofie sich unsicher an.

„Es gab einen Streit mit den Barbies, äh, mit ein paar Mädchen aus unserer Klasse“, berichtet Carlotta. „Manu und Julian sind danach verschwunden.“

„Vielleicht weiß er, wo sie ist“, sagt Sofie hoffnungsvoll.

Frau Heselein schüttelt den Kopf. „Das glaube ich nicht. Ich habe gerade gehört, dass Julian auch nicht in seinem Zimmer ist.“

„Was!?“ Carlotta starrt die junge Lehrerin an. „Dann sind sie also zusammen abgehauen?“

„Es sieht fast so aus.“ Frau Heselein seufzt. „Macht euch keine Sorgen. Es wird sich alles aufklären. Gute Nacht.“

Carlotta wartet, bis die Tür sich hinter Frau Heselein geschlossen hat und ihre Schritte auf dem Flur verklingen, dann dreht sie sich langsam zu Sofie um.

„Hab ich das gerade richtig verstanden? Wir sollen uns keine Sorgen machen?“

Sofie nickt bedrückt.

„Wenn die glaubt, wir gehen jetzt seelenruhig ins Bett und schlafen bis morgen früh, hat sie sich geschnitten!“ Carlotta schnaubt. „Los, komm! Zieh dir was Warmes an!“

„Was hast du vor?“, fragt Sofie mit großen Augen.

„Manu und Julian suchen“, antwortet Carlotta. „Was sonst?“

Carlotta und Sofie warten, bis im Schloss Ruhe einkehrt. In der Zwischenzeit schütteln sie ihre Bettdecken und Kopfkissen so auf, dass es aussieht, als würden sie in ihren Betten liegen – jedenfalls wenn man nicht so genau hinguckt. Wie eine Aufsichtslehrerin, die nur kurz ins Zimmer schaut zum Beispiel. Anschließend ziehen sie sich von Kopf bis Fuß sturm- und regenfest an und löschen das Licht.

Carlotta schiebt ihr Handy in die Hosentasche. Sie hat ein paarmal versucht Manu zu erreichen, aber die hat ihre Mailbox eingeschaltet.

Sofie greift nach der Taschenlampe, die Carlotta ihr reicht. Zum Glück haben sie schon im ersten Schuljahr einen Weg entdeckt, auf dem man heimlich aus dem Schloss heraus- und wieder hineinkommt, ohne Alarm auszulösen. Carlotta hätte damals nicht gedacht, dass sie dieses Wissen noch einmal brauchen würde. Jetzt ist sie froh darüber.

Wie zwei Einbrecher huschen sie den langen Flur entlang, der von kleinen Lämpchen nur notdürftig beleuchtet wird. Sie springen die Treppe hinunter, durchqueren die Halle und den Speisesaal auf Zehenspitzen und schlüpfen schließlich in der Schlossküche durch den Notausgang ins Freie – nicht ohne vorher ein kleines Fenster zu öffnen, damit sie später wieder hineinkommen können. Dann stehen sie draußen.

Sofort werden sie von einer Windböe erfasst, die sie fast von den Füßen reißt. Alles erinnert Carlotta an die Nacht in der fünften Klasse, als Manu schon einmal auf Abwegen war, weil sie unbedingt drei kleine Hundebabys retten musste. Der Sturm, der Regen, die Dunkelheit … Unglaublich, dass sich das jetzt wiederholt! Sie schüttelt den Kopf und zurrt ihren Schal und die Kapuze ein bisschen fester.

„Wohin wollen wir?“, fragt Sofie.

Carlotta zuckt die Achseln. Wenn sie das nur wüsste!

Als direkt vor ihnen plötzlich ein greller Lichtstrahl aufleuchtet, hat sie das Gefühl, ihr Herz würde von einer Millisekunde zur nächsten stehenbleiben.

„Meine Güte, Mädchen! Was macht ihr denn hier!“

Carlotta hält sich eine Hand vors Gesicht, um nicht geblendet zu werden. Hat sie gerade richtig gehört? War das die Stimme des Spargels?

Sofie versteckt sich hinter ihr und krallt ihre Nägel durch den dünnen Jackenstoff in Carlottas Arm.

„Au!", protestiert Carlotta.

„Pardon!" Sofie lässt sofort los.

„Carlotta und Sofie!" Es ist tatsächlich Herr Dunker, der mit einer riesigen Taschenlampe auf sie zukommt, die Ähnlichkeit mit einem Suchscheinwerfer hat.

„Ähm, wir können das erklären …", setzt Carlotta an. „Also, das ist so –"

Der Spargel unterbricht sie. „Ihr sucht Manuela?"

Carlotta und Sofie nicken.

Herr Dunker lässt die Taschenlampe sinken und zupft an seinem linken Ohrläppchen. „Das halbe Schloss sucht sie", sagt er. „Sie und Julian. Aber ihr habt hier nichts verloren. Geht bitte wieder auf eure Zimmer."

„Kommt nicht in Frage!" Carlotta richtet sich auf und holt tief Luft. „Manu ist unsere Freundin. Wenn jemand sie findet, dann wir!"

„Oui!" Sofie nickt entschlossen.

„Ausgeschlossen!", sagt der Spargel streng. „Bitte geht wieder hinein. Die Eingangstür ist offen."

Carlotta und Sofie senken die Köpfe und stapfen

kleinlaut um eine Ecke, doch kaum sind sie außer Hör- und Sichtweite des Lehrers, zischt Carlotta: „Los, schnell! Links abbiegen und hinter den Bäumen entlang!“

Im Schutz der Dunkelheit flitzt sie los und hofft, dass Sofie ihr folgt.

Sie muss sich keine Sorgen machen: Sofie ist so dicht hinter ihr, dass sie unsanft gegen Carlottas Rücken prallt, als die abrupt stehen bleibt und sich hinter einem Busch versteckt.

„Mon Dieu!“, ruft Sofie erschrocken.

„Pscht!“, macht Carlotta. „Sei still!“

Sie lugt zwischen Blättern und Zweigen hindurch und sieht mehrere Lichtkegel, die sich durch den Park bewegen. Ab und zu ertönt ein Ruf, der allerdings ohne Antwort bleibt. Sind wirklich alle Lehrer auf der Suche nach Manu und Julian? Es sieht fast so aus.

Der Sturm hält inne, um für die nächste Böe neuen Atem zu schöpfen. In der kurzen Pause, bevor er wieder loslegt, hört Carlotta ganz in der Nähe plötzlich ein Niesen und kurz danach einen unterdrückten Fluch. Manu war es nicht, da ist sie sich ziemlich sicher. Es hörte sich eher nach einem Jungen an. Sie späht in die Richtung, aus der das Geräusch gekommen ist. Der

Wind treibt eine Wolke vor sich her. Das Mondlicht gibt den Blick auf eine schwarz gekleidete Gestalt frei, die genau wie Carlotta und Sofie hinter den Büschen des Schlossparks Deckung gesucht hat. Für den Bruchteil einer Sekunde blitzt etwas auf und reflektiert den Mondschein. Zum zweiten Mal an diesem Abend glaubt Carlotta nicht richtig zu sehen. Zuerst der Spargel und jetzt –

„Niko? Bist du das?"

Der Schatten duckt sich ein wenig tiefer. Carlotta fasst sich ein Herz und bewegt sich in Zeitlupe darauf zu. Als sie die Hand ausstreckt und die Gestalt schon fast berühren kann, bleibt sie stehen.

„Niko!", wiederholt sie eindringlich flüsternd. „Ich weiß, dass du das bist!"

„Wieso? Hast du vielleicht ein Nachtsichtgerät?", kommt eine leise Stimme zurück.

„Ich hab dich an deinem Teleobjektiv erkannt!" Carlotta hält sich eine Hand vor den Mund, um nicht laut loszuprusten. Spielen denn heute alle verrückt? Manu und Julian hauen ab. Nikolas wandert mit seiner Kamera durch den Park. Und sie und Sofie stecken mittendrin. Zwischen all den Lehrern und Verrückten …

Niko wendet ihr sein Gesicht zu und lacht. Seine Zähne funkeln in der Rabenschwärze. Er beugt sich vor, wuschelt ihr durchs Haar und fragt: „Was ist hier eigentlich los? Lehrerausflug?“

„Äh …“, macht Carlotta.

„Manu und Julian sind verschwunden“, kommt Sofie ihr zu Hilfe.

„Ach“, sagt Niko. „Und deshalb rückt das komplette Lehrerkollegium aus und bringt mich um meine Nachtaufnahmen? Ich hab eure Freundin und diesen komischen Engländer vorhin gesehen. Sie sind Richtung Pferdestall gelaufen. Es sah nicht so aus, als wären sie auf der Flucht. Die sind ganz locker an mir vorbeispaziert.“

„Was?“, schnappt Carlotta, ohne auf ihre Lautstärke zu achten. „Bist du sicher?“

Nikolas nickt. „Hundertpro.“

„Und warum versteckst du dich hier?“, erkundigt sich Sofie.

„Weil es zufällig nicht so gerne gesehen wird, wenn ich spätabends noch aus dem Schloss gehe, um zu fotografieren. Ich bin schon zweimal erwischt worden. Glaubt mir, auf ein drittes Mal kann ich ganz gut verzichten.“ Niko hebt seine Kamera und macht einen Schnappschuss von den beiden Mädchen.

„Kann ich verstehen", grinst Carlotta, wobei sie sich bemüht nicht daran zu denken, dass sie auf dem Foto garantiert wie eine geistesgestörte Vogelscheuche aussehen wird. „Was willst du eigentlich fotografieren? Den Sturm?"

„Den Himmel, den Mond, die Wolken", antwortet Niko wie aus der Pistole geschossen. „Alles in Schwarz-Weiß. Das Wetter ist genial! So richtig fett dramatisch. Wie auf einem Gemälde von Caspar David Friedrich."

„Ah, ja, klar", murmelt Carlotta. Wer zum Teufel ist Caspar David Friedrich? Hat sie den Namen nicht neulich in Kunst gehört?

Als sie den Strahl einer Taschenlampe näher kommen sehen, ducken sie sich gleichzeitig. Carlotta hält den Atem an, bis das Licht hinter einer Wegbiegung verschwindet.

„Ich glaub, die Fotos kann ich vergessen", seufzt Niko. „Zu viele Störfaktoren."

Carlotta nickt mitfühlend, aber dann hat sie eine Idee. „Komm doch mit uns! Wenn du sagst, Manu und Julian sind Richtung Stall gegangen, ahne ich, wo sie sind. Vielleicht kannst du auf dem Rückweg noch ein paar Fotos machen."

Niko ist sofort einverstanden.

„Okay, warum nicht?", sagt er locker. „Ich hab heute Nacht sowieso nichts anderes vor."

Seite an Seite traben sie im Slalom um die Parkbäume herum, immer auf der Hut vor den Taschenlampen der Lehrer und jederzeit bereit sich zu verstecken.

Es reicht, wenn Manu und Julian Stress kriegen, denkt Carlotta. Es muss nicht sein, dass Sofie, Niko und ich auch noch welchen bekommen.

„Ist der Stall denn nicht abgeschlossen?", fragt Sofie, als sie wenig später vor einer großen Schiebetür stehen, hinter der die Reithalle und die Stallungen liegen.

„Keine Ahnung", gibt Carlotta zu. „So oft war ich hier noch nicht. Und nachts noch nie."

Niko ruckt probehalber an dem Türgriff. „Die ist zu. Lasst es uns mal auf der Rückseite versuchen. Bestimmt gibt es irgendwo eine Hintertür oder einen Notausgang."

„Garantiert", murmelt Carlotta. „Irgendwie müssen Manu und Julian schließlich reingekommen sein." Falls sie wirklich im Stall sind, fügt sie im Stillen hinzu.

So sicher wie vorhin ist sie sich plötzlich nicht mehr. Aber wenigstens schwirren hier keine Suchtrupps herum. Noch nicht jedenfalls. Vermutlich ist es nur eine Frage der Zeit, bis der erste Lehrer auf die Idee kommt, das Stallgelände abzusuchen. Im Moment scheinen sie sich eher auf den See, den Park und die alten Gewächshäuser zu konzentrieren. Ihr fällt ein, dass Dr. Brönne irgendwann bestimmt auch die Polizei alarmieren wird. Bis dahin müssen Manu und Julian auf jeden Fall wieder im Schloss sein, sonst wird der Ärger, den sie bekommen, noch größer.

Auf der Rückseite des Stalls entdecken sie nach kurzer Suche eine niedrige Tür, die nur angelehnt und mit einem Besenstiel gegen das Zufallen gesichert ist.

Carlotta ist sich sicher, dass sie Manus Schlupfloch entdeckt haben. Sie schiebt sich durch den schmalen Spalt in den warmen Stall. Drinnen ist es wesentlich angenehmer als draußen im Sturm und der Kälte. Obwohl – ein Pferd schnaubt, ein anderes tritt laut gegen seine Boxentür. Carlotta zuckt erschrocken zusammen.

„Hoho, ganz ruhig“, brummt Niko mit tiefer Stimme. „Wir dürfen sie nicht erschrecken, sonst machen die einen Mörderlärm.“

„Haha, sehr witzig!“ Carlotta versucht ihren Atem wieder zu normalisieren. „Mir reicht schon das Gepruste und Gepolter. Wenn’s noch lauter wird, sterb ich!“

Sofie niest. Ein riesiges Pferd streckt seinen Kopf über die Boxentür in den Stallgang und beschnuppert sie neugierig.

Sofie weicht entsetzt zurück.

„Soll ich ein Foto von euch machen?“ Niko kichert und stolpert im nächsten Moment fast über einen Eimer.

Carlotta stöhnt auf. Das ist ja schlimmer als Geisterbahnfahren! Wenn sie wenigstens das Licht anmachen könnten! Aber daran ist natürlich nicht zu denken. Durch die Fenster wäre der Lichtschein von draußen garantiert zu sehen.

Gänsehaut kriecht über ihren Rücken. Ihre Nackenhaare richten sich auf. Hat Manu nicht mal erzählt, dass der Stallmeister einen Wachhund hat? In der Erwartung, jeden Augenblick ein Knurren zu hören und den heißen Atem eines abgerichteten Monsters in den Kniekehlen zu spüren, schließt sie ihre Augen und tastet sich blind vorwärts.

„Wo würdet ihr euch verstecken, wenn ihr keine

Angst vor Pferden hättet?“, raunt sie den anderen zu.

„Ich hab keine Angst vor Pferden“, antwortet Niko sofort. „Im Gegenteil. Die sind groß, stark und sehr fotogen. Und außerdem –“

Sofie würgt seinen Redefluss kurzerhand ab. „Auf dem Boden, wo das Heu bewahrt wird“, sagt sie. „Ein Onkel von mir hat einen Bauernhof. Im Heu ist es sehr gemütlich, wenn es draußen stürmt und regnet.“

Heuboden klingt gut, findet Carlotta. Fragt sich nur, wo der ist.

Sie stößt sich das Schienbein an einer Schubkarre, beißt die Zähne zusammen, um nicht aufzuschreien, weicht einem monströsen Pferdekopf aus, der plötzlich vor ihr auftaucht und sie anschnaubt, und entdeckt schließlich in dem Schein einer blassen Laterne, der durch ein fast blindes Fenster fällt, eine Treppe, die zu einer Bodenluke führt. Die Luke ist offen.

„Wenn das da oben nicht der Heuboden ist, fress ich einen Strohballen“, brummt sie. „Und zum Nachtisch eins von diesen Pferdehalftern.“

„Guten Appetit“, sagt Niko fröhlich und macht ein Foto.

„Ohne Blitz?“, fragt Carlotta.

„Hochempfindlicher Spezialfilm“, antwortet Niko. „Extra für Nachtaufnahmen.“

Carlotta unterdrückt einen Seufzer. Irgendwie hat Niko immer das letzte Wort und für alles eine Lösung. Kann das sein? Aber süß ist er trotzdem. Und seine Lippen schmecken gut. Und überhaupt ist alles an ihm ziemlich perfekt, findet Carlotta. Egal zu welcher Tages- oder Nachtzeit.

Nacheinander stapfen sie die schmale Stiege hinauf und tasten sich an Futtersäcken und aufgestapelten Heu- und Strohballen entlang. Irgendetwas raschelt leise neben ihrem linken Ohr. Carlotta will sich lieber nicht vorstellen, was es ist. Ob es hier Riesenratten oder ähnliche Ausgeburten der Finsternis gibt? Fledermäuse? Kleine Vampire, die statt immer nur Pferde anzuzapfen vielleicht gerne mal ein bisschen Menschenblut schlabbern würden? Sie schüttelt sich und versucht sich auf etwas anderes zu konzentrieren.

„Hey, Manu!“, wispert sie auf gut Glück in die staubige Düsternis. „Wir sind’s. Komm raus! Und bring Julian am besten gleich mit!“

Sofie muss schon wieder niesen und hält sich die Nase zu, bevor sie es wagt, die mitgebrachte Taschenlampe einzuschalten. Der Heuboden hat keine Fenster.

Die Gefahr, von draußen entdeckt zu werden, ist gering. Nur leider scheint die Batterie nicht mehr die stärkste zu sein. Mehr als ein dämmriges Schummerlicht bringt die Lampe nicht zu Stande und das reicht gerade mal ein paar Zentimeter weit. Nicht wirklich hilfreich.

Als es noch einmal raschelt – und dann auch noch unmittelbar vor ihnen –, schreit Carlotta leise auf. Niko hält sie mit einer Hand zurück und reicht ihr seine Kamera. Mit der anderen Hand zückt er sein Handy und schaltet es ein. Das helle Display leuchtet auf.

„Ist da jemand?“, fragt er und macht einen Schritt vorwärts.

„Wer will das wissen?“, fragt eine Stimme zurück.

Niko richtet sein Handydisplay in die Richtung, aus der die gedämpfte Stimme gekommen ist.

„Manu!“, sagen Carlotta und Sofie gleichzeitig.

Sofie schüttelt ihre Taschenlampe und entlockt ihr einen etwas helleren Strahl.

Manu und Julian liegen in einem weichen Bett aus Stroh und grinsen verschlafen um die Wette.

„Good morning“, sagt Julian fröhlich. „Ist es schon Zeit zum Aufstehen?“

„Ich hoffe, ihr habt was Leckeres zum Frühstück mitgebracht!“, murmelt Manu und gähnt.

„Ich kann es nicht fassen, dass ihr eingeschlafen seid!“ Carlotta liegt in ihrem Bett und kichert.

„Während das halbe Schloss euch gesucht hat“, ergänzt Sofie vorwurfsvoll. „Wir haben uns schreckhafte Sorgen gemacht!“

„Du meinst schreckliche Sorgen, nicht schreckhafte“, grinst Manu. „Egal. Ihr wisst doch inzwischen, dass man sich um mich keine Sorgen machen muss. Das hab ich dem Brönne auch gesagt. Dass der trotzdem so ein Theater machen musste … pfft. Total albern, echt!“ Sie rollt mit den Augen.

Nachdem Carlotta, Sofie und Niko sie aufgespürt haben, sind Manu und Julian auf kürzestem Weg zum Schulleiter gegangen und haben sich offiziell bei ihm zurückgemeldet – allerdings nicht ohne ihm versichert zu haben, dass sie nicht ausgerissen sind, sondern sich nur unterhalten und darüber die Zeit vergessen haben. „Und dann sind wir irgendwann eingepennt“, hat

Manu ihren Bericht geschlossen und Julian hat zustimmend genickt.

Dass Dr. Brönne trotzdem eine Missbilligung ausgesprochen und eine Strafarbeit für beide verhängt hat, findet Manu total ungerecht. Im Gegensatz zu Julian, für den es die erste Missbilligung ist, seit er auf Prinzensee ist. Er hat die Strafe akzeptiert, ohne mit der Wimper zu zucken.

„Ich glaub, der ist ziemlich hart im Nehmen", meint Manu nachdenklich. „Denkt man gar nicht, wenn man ihn sieht, oder?"

„Worüber habt ihr denn so gesprochen?", fragt Carlotta neugierig. Sie ist zwar hundemüde und es ist schon weit nach Mitternacht, aber das interessiert sie trotzdem brennend.

„Über alles Mögliche", antwortet Manu. „Zuerst über die Barbies und wie unmöglich die sich benommen haben. Dann über die Gerüchte, die über ihn in Umlauf sind. Dass er ein Prinz oder ein Lord sein soll, dieser ganze Schwachsinn. Und dann über uns."

„Über euch?" Carlotta richtet sich halb auf.

„Klar", sagt Manu. „Wir haben erstaunliche Parallelen entdeckt. Dass wir nicht freiwillig im Internat sind, zum Beispiel. Dass wir auf unseren früheren

Schulen ständig Stress hatten. Dass es für uns Wichtigeres gibt als Stundenpläne und diese Scheißdisziplin, von der immer die Rede ist."

„Ich glaub, ihr passt gut zusammen", bemerkt Sofie.

Manu lacht leise. „Hihi, einerseits schon, andererseits hab ich ihm gesagt, dass er es mal mit normalen Klamotten versuchen soll. Jeans, T-Shirt, Turnschuhe ... Dann klappt das auch mit den Jungs."

„Mit den Jungs?", entfährt es Carlotta und Sofie gleichzeitig.

„Yep", macht Manu. „Er hat mir verraten, dass er Felix ziemlich interessant findet."

„Felix?" Sofies Augenbrauen berühren fast ihren Haaransatz.

„Interessant?", echot Carlotta. „Du ... du meinst, er macht sich nichts aus Mädchen?"

„Anscheinend nicht", bestätigt Manu.

„Sacre bleu!", haucht Sofie.

Carlotta lässt sich auf ihr Kissen zurückfallen und lacht. „Ich fass es nicht! Das muss ich morgen unbedingt Katie erzählen!"

„Lass mal lieber. Wie ich Felix einschätze, interessiert der sich momentan weder für Mädchen noch für Jungs, sondern nur für seine Playstation. Ist vielleicht auch ein bisschen zu viel verlangt, sich in unserem Alter schon festzulegen, oder?", gibt Manu zu bedenken.

„Das finde ich auch", sagt Sofie. „Es ist ein Wunder, dass Julian schon so genau weiß, was er will."

„Vielleicht wollte er mich auch nur veräppeln", meint Manu. „Keine Ahnung."

Carlotta winkt ab. „Egal, ich find's trotzdem süß. Wenn Julian demnächst auf seine albernen Schnöselklamotten verzichtet, würden die beiden ein echt hübsches Paar abgeben."

„Erzählt es nicht weiter", bittet Manu die beiden. „Julian will es nicht an die große Glocke hängen. Schon gar nicht nach allem, was passiert ist."

Sofie nickt. „Noch mehr Gerüchte müssen nicht sein."

„Nee, ganz sicher nicht. Das wäre ein gefundenes Fressen für die Barbies, so intolerant, wie die sind." Carlotta wirft einen Blick auf ihren Wecker und stöhnt auf. Schon so spät!

„Sorry, seid nicht sauer, aber lasst uns beim Frühstück weiterreden, okay? Im Moment will ich nur eins: Schlafen, und zwar sofort! Sonst überleb ich morgen unseren Ball nicht!"

„Und das wäre ziemlich schade, jetzt, wo alles in

bester Butter ist und wir so wunderschöne, glitzernde Prinzessinnenkleidchen anziehen dürfen." Manu gähnt und knipst endlich das Licht aus. „Träumt schön, Mädels! Und danke fürs Suchen. Ich hab euch lieb."

„Wir dich auch", kommt ein zweistimmiges Murmeln aus der Dunkelheit.

Alles Walzer!

Am Morgen des Balls wacht Carlotta mit Herzklopfen auf. Ihr erster Blick fällt auf die drei Ballkleider, die nebeneinander an den Schranktüren hängen und auf ihren Einsatz warten. Das Harlekinkleid hängt zwischen den einfarbigen Kleidern von Sofie und Manu und sieht sehr besonders aus.

Als würde es jeden Moment von alleine anfangen zu tanzen, denkt Carlotta lächelnd.

„Guten Morgen“, murmelt Sofie verschlafen. „Ist der Sturm vorbei?“

Carlotta lauscht. Keine Böen, die ums Schloss heulen. Kein kalter Regen mehr, der an die Fensterscheiben prasselt.

„Es scheint so“, sagt sie und schwingt sich aus dem Bett, um aus dem Fenster zu schauen.

Der Park sieht nicht sehr einladend aus. Die verschlungenen Wege stehen fast vollständig unter Wasser. Überall liegen abgerissene Äste und Zweige. Irgendwo brummt eine Motorsäge. Über dem nahen Prinzensee hängt ein bleigrauer, schwerer Himmel. Bei dem Anblick zieht Carlotta die Schultern hoch und würde am liebsten gleich wieder ins Bett krabbeln.

Plötzlich springt Manus Radiowecker an. Die Stimme des Nachrichtensprechers erklingt: „... nach dem Sturm. Einige Flughäfen sind noch geschlossen. Zahlreiche Straßen und Bahnlinien mussten wegen umgestürzter Bäume gesperrt werden. Züge fallen aus. Die Aufräumarbeiten dauern an. Teilweise kommt es zu massiven Behinderungen. Hier die weiteren Aussich ..."

Ein leises Knacken. Die Stimme verstummt, die Displaybeleuchtung erlischt.

Manu wühlt sich unter ihrem Kissen hervor und schaut sich verwirrt um.

„Was war das?", fragt sie und gähnt.

„Keine Ahnung. Plötzlich ist das Radio ausgegangen", antwortet Carlotta. Sie tippt einen Lichtschalter an. Nichts. „Ich glaub, der Strom ist weg."

„Tja, das war's dann wohl mit unserem Ball." Manu

zieht sich die Decke über den Kopf. „Kein Strom, kein Ball, kein Auftritt der Debütantinnen in ihren putzigen Feenkleidchen. Gute Nacht, Prinzenball!"

„Gute Nacht?" Carlotta zieht ihr die Decke weg. „Von wegen!"

„Kein Strom, kein Licht, keine Musik, kein Tanz, kein Essen, kein Garnichts", zählt Manu auf.

„Es gibt Kerzen", wendet Sofie ein.

„Und wir machen ein kaltes Büfett", sagt Carlotta.

„Ja, klar." Manu wühlt sich aus ihrem Bett. „Das Roastbeef essen wir roh und die Gulaschsuppe, die es geben soll, löffeln wir kalt. Fehlt nur noch die Musik, aber wir können ja singen und ein paar Instrumente spielen, während wir tanzen. Das wird bestimmt klasse!"

Eine halbe Stunde später sitzen sie beim Frühstück und schlürfen kalten Kakao. Der Strom ist noch nicht wieder da. Gerüchten zufolge soll ein Mast umgeknickt sein und die Überlandleitung mit sich gerissen haben. Die Stimmung ist dementsprechend mies. Zwar findet wegen des Balls heute kein Unterricht statt, was für die meisten Schüler Grund genug wäre, gute Laune zu haben, aber über die Aussicht, dass der

Ball buchstäblich ins Wasser fallen könnte, freut sich niemand.

„Wir haben noch so viel zu tun!“, stöhnt Brendan am Nachbartisch.

Stimmt, denkt Carlotta betrübt. Der Festsaal muss dekoriert, die Tische müssen gedeckt und die Gäste begrüßt werden. Gäste! Ob die überhaupt kommen können? Was ist mit Papa? Der wollte mit dem Auto fahren. Hoffentlich ist die Straße frei!

„Wenn sowieso alles ausfällt und keiner kommt, können wir uns die ganze Mühe sparen“, seufzt sie.

„Wir haben bestimmt nicht Hunderte von Euros für unsere Designerkleider ausgegeben, damit sie im Schrank hängen bleiben!“, meckert Nadine.

Simone und Vicky nicken grimmig.

„Hängt euch am besten dazu“, empfiehlt Manu ihnen. „Aber vergesst nicht die Tür hinter euch zuzumachen!“

Die Barbies wenden sich ab und schmollen. Sie sitzen etwas abseits an einem Extratisch. Niemand wollte sich zu ihnen setzen.

Kein Wunder, denkt Carlotta. Nach ihrem Gezicke gestern.

Julian hockt zwischen den anderen Jungs und sieht

müde aus. Bei seinem Anblick muss Carlotta unwillkürlich gähnen. Frau Berger geht durch die Reihen und versucht die Stimmung zu retten.

„Wir fangen gleich mit dem Dekorieren und dem Eindecken der Tische an“, sagt sie betont fröhlich. „Ich bin sicher, der Strom kehrt in den nächsten Stunden zurück und unser Ball kann wie geplant stattfinden. Seid bitte in fünf Minuten im Festsaal!“

„Juhu“, brummt Manu. „Ich kann’s kaum erwarten.“

Carlotta muss lachen.

Sie beenden ihr Frühstück und folgen den anderen zum Ballsaal. Carlotta schaut aus einem der hohen Fenster. Es regnet wieder. Auch das noch!

Auf dem Vorplatz huschen zwei Gestalten in Regenjacken hin und her. „Das sind Jonas und sein Vater“, sagt sie verwundert. „Was machen die da?“

„Sie verteilen Fackeln und Feuerkörbe für heute Abend“, sagt Brendan. „Ich hab Jonas vorhin getroffen. Seine Schule fällt wegen des Sturms aus. Er hilft seinem Vater bei den Vorbereitungen.“

„Fackeln im Sturm“, flötet Manu. „Wie romantisch! Nur doof, dass die nicht besonders gut brennen werden, wenn’s weiter so schüttet.“

Carlotta gibt ihr einen Stups mit dem Ellbogen. „Mann, deine gute Laune ist echt ansteckend!"

„Danke. Ich weiß", grinst Manu.

Der Vormittag vergeht im Nu. Am frühen Nachmittag sind die langen Tafeln im Ballsaal festlich in Schwarz und Weiß gedeckt. Auf blendend weißen Tischdecken stehen schwarz glänzende Platzteller, auf denen wiederum weiße Servietten drapiert sind. Jemand hat sie zu kunstvollen Schwänen geformt. Es sieht aus, als würden sie auf den flachen Tellern schwimmen.

An den Wänden hängt die schwarz-weiße Deko der Kunst-AG. Die Musikanlage ist fertig aufgebaut, die Scheinwerfer und Discokugeln sind installiert und angeschlossen.

„Sieht super aus!" Unbemerkt von Carlotta taucht plötzlich Niko neben ihr auf. Er hat sich mit ein paar Jungs aus seiner Klasse um die technischen Anlagen gekümmert. Jetzt macht er Fotos von dem Saal.

„Stimmt", nickt Carlotta. „Fehlt nur noch ein kleines bisschen von diesem geheimnisvollen Zeug, das man Elektrizität nennt."

„Ich finde Kerzenlicht eigentlich ganz romantisch",

meint Niko. Er wischt sich eine Dreadlock aus der Stirn.

„Ich auch", erwidert Carlotta und verheddert sich für einen kurzen Moment in seinen langen, dunklen Wimpern.

Himmel!, denkt sie. Wie kann ein Junge nur so schöne Augen haben?

Als es plötzlich laut knackt, kurz darauf ohrenbetäubendes Rauschen aus den Lautsprecherboxen kommt und gleichzeitig sämtliche Kronleuchter im Saal hell erstrahlen, zuckt sie zusammen.

„Hey, es ward Licht!" Niko breitet die Arme aus.

Alle applaudieren und johlen.

„Wahnsinn!" Carlotta umarmt ihn; ganz spontan und ohne großartig darüber nachzudenken. Sie ist ein bisschen über sich selbst erschrocken.

Nikos Mundwinkel zucken amüsiert, seine Augen lächeln. Er wird sie doch nicht auslachen? Nein. Er beugt sich zu ihr und gibt ihr einen Stups auf die Nase. Ganz kurz nur, aber immerhin.

Die Schmetterlinge in Carlottas Bauch schlagen begeistert mit den Flügeln.

Fühlt sich an, als würden sie einen Großflugtag veranstalten, denkt Carlotta grinsend. Dabei ist das erst der Anfang! Was sie wohl heute Abend machen, wenn Niko und ich Walzer tanzen?

„Hey, Carlotta! Dein Vater ist da.“ Eine Fünftklässlerin steckt ihren Kopf ins Zimmer und sieht sich neugierig um. „Er wartet unten in der Halle auf dich.“

„Danke“, sagt Carlotta.

Das Mädchen verschwindet wieder.

Manus Wuschelkopf taucht aus den Tiefen ihres Kleiderschranks auf. In den Händen hält sie schmale Pumps. Sie starrt sie an, als könnten sie jeden Moment Zähne bekommen und sie beißen. „Sie hat nur was von deinem Vater gesagt. Anscheinend ist er alleine da.“

„Ja, hoffentlich“, schnauft Carlotta. „Kann mal einer den Reißverschluss zumachen, bitte?“

Sofie eilt ihr zu Hilfe und zieht den Reißverschluss an der Seite des Harlekinkleids zu. „Voilà!“

„Merci.“ Carlotta holt vorsichtig Luft. Irgendwie kommt ihr das Kleid enger vor als damals, als sie es gekauft haben. Oder ist ihr Busen gewachsen?

„Sexy“, stellt Manu fest. „Hast du gar keine Angst, dass das Oberteil runterrutscht, so ganz ohne Träger?“

„Doch“, gibt Carlotta zu. „Aber die Verkäuferin hat geschworen, dass es nicht passieren wird.“

„Na, hoffentlich!“ Manu zwängt ihre Füße in die Pumps und stöhnt auf. „Oh Mann, meine Reitstiefel sind bequemer!“

Carlotta wirft ihr eine Socke an den Kopf.

„Seid ihr so weit?“, fragt sie ihre Freundinnen.

„Nicht wirklich“, jammert Sofie. „Ich bin schrecklich aufgeregt!“

„Ich auch“, sagt Carlotta und schlüpft in ihre Schuhe.

„Und ich erst!“ Manu wickelt mit spitzen Fingern ein Stück Schokolade aus und schiebt es sich in den Mund. Als sie sich in Bewegung setzt, um Carlotta und Sofie die Tür aufzuhalten, knickt sie um. „Ich hasse diese hochhackigen Mistdinger!“

„Ach, das wird schon“, meint Carlotta optimistisch und stakst hinter ihr her, aber so ganz sicher ist sie sich da nicht.

Den ganzen Nachmittag haben sie damit verbracht, sich in ihrem Zimmer herauszuputzen. Sie haben sich beim Anziehen der Kleider und beim Hochstecken der Haare geholfen. Sofie hat ihnen Make-up, Rouge und Wimperntusche geliehen und ihnen ein paar Schminktipps gegeben. Die ganze Zeit haben sie gelacht und rumgealbert. Jetzt, wo es tatsächlich losgeht, spürt Carlotta ein nervöses Grummeln in der Magengegend. Oder sind das die Schmetterlinge in Wartestellung?

Wie Niko wohl aussieht?

Hoffentlich trete ich ihm nicht auf die Füße, denkt sie und ignoriert den plötzlich aufblitzenden Fluchtreflex.

Ihr Vater wartet mit den anderen Gästen am Fuß der Treppe. Er hat gegen Mittag aus dem Hotel angerufen, in dem er abgestiegen ist. Die Fahrt war etwas umständlich. Wegen der Straßensperrungen musste er ein paar Umleitungen in Kauf nehmen, aber jetzt ist er da. Carlottas Herz klopft, als sie ihn erblickt. Ein bisschen fremd und ungewohnt sieht er aus, in seinem schwarzen Anzug, dem weißen Hemd und der weinroten Krawatte.

„Cooles Outfit, Superdad!", sagt sie und fällt ihm um den Hals.

Herr Prinz lacht. „Danke, Supertochter. Ich hab

mir große Mühe gegeben. Genau wie du und deine Freundinnen. Ihr seht umwerfend aus! Fast hätte ich euch nicht erkannt!"

Er begrüßt Manu und Sofie.

„Wir uns auch nicht", versichert Manu und zupft an ihrem Ausschnitt herum.

Als Kellner verkleidete Unterstufenschüler gehen mit Tabletts herum und servieren Sekt und O-Saft. Herr Prinz nimmt vier Gläser von einem Tablett und verteilt sie an die Mädchen. Eins behält er für sich.

„Auf euch und den Ball!", sagt er feierlich.

Carlotta, Sofie und Manu gucken sich an und kichern.

„Du trägst Familienschmuck", bemerkt Herr Prinz.

Carlotta hebt eine Hand und berührt den kleinen Rubin. „Mama hat mir die Kette für den Ball geliehen."

„Das hat sie gut gemacht", lächelt ihr Vater.

Carlotta nippt an ihrem Sekt und sieht Niko mit einer Gruppe von Freunden in der Nähe der Eingangstür zum Saal stehen. Als hätte er Carlottas Blick gespürt, blickt er genau in dieser Sekunde zu ihr herüber. Sein Lächeln bringt Carlottas Herz fast zum Schmelzen. Er hat seine wilden Dreadlocks zu einem Pferdeschwanz zusammengebunden, was bei jedem anderen

Jungen, den sie kennt, vermutlich ziemlich albern aussehen würde. Nicht bei Niko. Es steht ihm unglaublich gut. Genau wie der Smoking und die schmale schwarze Hose mit dem glänzenden Satinstreifen an der Seite. Eine Fliege trägt er allerdings nicht. Der Kragen seines Smokinghemds steht offen, was ziemlich lässig aussieht. Als Carlotta seine Schuhe bemerkt, muss sie lachen. Sie sind schwarz-weiß und sehen aus wie die Gangsterschuhe in alten Mafiafilmen. Sie passen so perfekt zu ihrem Kleid, als hätten sie sich vorher abgesprochen. Das ist so cool!

Als im Ballsaal das Licht angeht und klassische Musik erklingt, holt sie tief Luft.

Die Gäste, Lehrer, Honoratioren der Stadt und eine Gruppe ehemalige Schüler wie Guido Prinz, gehen voraus in den Saal und suchen ihre Namensschilder auf den gedeckten Tischen, bevor sie Platz nehmen.

An der Tür nehmen die Schüler für die Eröffnungspolonaise Aufstellung – allen voran Manu und Julian. Carlotta und Niko stehen direkt hinter ihnen. Es dauert eine Weile, bis Frau Berger alle Tänzer geordnet und an ihre Plätze geschoben hat.

„Hey, du siehst hübsch aus“, raunt Niko Carlotta zu.

„Und du wie ein Mafioso", flüstert Carlotta grinsend zurück und nimmt seine Hand.

Frau Berger übernimmt das Kommando und öffnet die breite Flügeltür. „Entrez, Mesdemoiselles et Messieurs! Der Ball ist eröffnet!"

Alles klappt wie am Schnürchen. Das wochenlange Tanztraining hat sich wirklich gelohnt.

Robert wäre stolz auf uns, denkt Carlotta und bekommt das Grinsen nicht mehr aus dem Gesicht. Sie hätte sich niemals vorstellen können, dass es Spaß machen würde, zu klassischer Musik zu tanzen. Aber es macht Spaß. Und wie!

Manu und Julian führen die Polonaise so souverän an, als hätten sie nie etwas anderes gemacht. Sie schaffen es sogar, sich dabei zu unterhalten und Witzchen zu reißen, wie Carlotta staunend registriert. Sie selbst hat zwischendurch Probleme, sich auf ihre Füße und die richtige Schrittfolge zu konzentrieren, was aber durchaus mit dem Jungen an ihrer Seite zusammenhängen könnte. Wie soll man sich auch konzentrieren können, wenn man mit einem ziemlich süßen Typen in Smoking und Mafiaschuhen tanzt?

Nach ein paar Minuten wechselt die Polonaise in

einen langsamen Wiener Walzer und Carlotta hat endgültig das Gefühl zu schweben. Am liebsten würde sie weitertanzen und nie wieder aufhören, doch dann ruft Frau Berger das Kommando „Alles Walzer!“ in den Saal und gibt damit wie bei dem berühmten Wiener Opernball die Tanzfläche für alle frei.

Die Gäste mischen sich unter die Tanzenden. Es wird richtig eng und Carlotta muss aufpassen, wohin sie ihre Füße setzt. Aus dem Augenwinkel sieht sie, dass ihr Vater mit Frau Müller-Stürzelbach tanzt, der Schulsekretärin, die in eine edle, dunkelgraue Robe gehüllt und kaum wiederzuerkennen ist. Im selben Moment wird sie unsanft angerempelt.

„Sorry!“, ruft Manu ihr zu und hüpft lachend an ihr vorbei, während Julian huldvoll nickt.

„Er hat tatsächlich einen Frack an!“, sagt Carlotta zu Niko und schaut dem wirbelnden Paar hinterher. „Sieht er damit nicht ein bisschen wie ein Pinguin aus?“

„Eher wie ein Oberkellner“, lacht Niko und hält sie noch ein bisschen fester. „Ich war schon froh, dass mir mein Bruder seinen Smoking geliehen hat.“

„Steht dir gut“, lächelt Carlotta.

„Danke schön.“

„Bitte sehr."

Nach dem Wiener Walzer tanzt Carlotta einen Foxtrott mit ihrem Vater, der plötzlich neben ihr und Niko aufgetaucht ist. Carlotta findet es zuerst sehr merkwürdig, mit ihrem Vater zu tanzen. Er ist einen Kopf größer als Niko und bewegt sich irgendwie steifer, aber dann gewöhnt sie sich daran und entspannt sich.

„Wie geht's dir?", fragt Herr Prinz.

„Super", antwortet Carlotta. „Und dir?"

Sie sieht die feinen Linien und Fältchen im Gesicht ihres Vaters und fragt sich, ob die immer schon da waren oder ob sie ihr bisher nur nicht aufgefallen sind. Und sind das da an der Schläfe etwa graue Haare?

„Och, ganz gut", sagt ihr Vater.

Hm, ganz gut also … Carlotta beißt sich auf die Unterlippe. Das klingt nicht wirklich toll. Und schon gar nicht, als wäre er glücklich bis über beide Ohren verliebt. Ob sie ihn nach Tessa fragen soll oder lieber nicht? Wann ist der richtige Zeitpunkt, seinen eigenen Vater nach seinem Liebesleben zu fragen? Und zwar am besten möglichst unverfänglich und neutral. Und vor allem, ohne allzu neugierig oder kritisch zu wirken.

Sie kommt leicht aus dem Takt, während sie darüber nachdenkt. Geht es sie überhaupt etwas an? Oder ist es nicht ganz und gar Paps Privatsache? Katie hat gestern in einer Mail geschrieben, eine gesunde Vater-Tochter-Beziehung muss ein offenes Gespräch über Intimitäten jederzeit aushalten können. Aber was weiß Katie schon! Ihre Eltern sind seit zig Jahren glücklich miteinander verheiratet und ihr Vater hat keine Freundin. Jedenfalls keine, von der Carlotta wüsste.

Diese beiden Fälle kann man nun wirklich nicht miteinander vergleichen, denkt sie und seufzt.

Ihr Vater hebt eine Augenbraue, sagt aber nichts.

Carlotta ist froh, als der Tanz zu Ende ist. Gleich wird das Büfett eröffnet. Vielleicht hilft es beim Nachdenken, wenn sie etwas isst. Und vielleicht redet es sich danach etwas leichter.

Aufatmend lässt sie sich auf einen freien Stuhl an einem der langen Tische fallen. Ihr Vater setzt sich neben sie.

„Netter Junge, mit dem du vorhin getanzt hast“, sagt er beiläufig.

Carlotta nickt. „Er heißt Nikolas. Wir sind zusammen in der Foto-AG.“

„Aha“, sagt Herr Prinz. Mehr nicht.

Den offiziellen Begrüßungsreden hört Carlotta nur mit halbem Ohr zu. Zuerst spricht Dr. Brönne, danach der Vorsitzende der Internatsstiftung. Carlotta unterdrückt ein Gähnen und spendet höflich Beifall, ohne wirklich etwas mitbekommen zu haben. Sie schaut sich im Saal um und fragt sich, wo Niko abgeblieben ist. Eigentlich hatte sie gehofft, dass er sich zu ihr und Paps setzen würde. Und wo stecken Manu und Sofie?

Sie wendet den Kopf und entdeckt ihre Freundinnen zusammen mit Julian und Brendan in der Nähe des Büfetts, als könnten sie es kaum erwarten, sich endlich auf das Essen zu stürzen. Und da ist auch Niko. Er hält sich eine Kamera vors Gesicht und macht pausenlos Fotos.

Carlotta lächelt. Das ist mal wieder typisch! Niko ohne Fotoapparat, das wäre ja wie … wie … Ihr will kein passender Vergleich einfallen. Auf jeden Fall ist Niko ein noch verrückterer und leidenschaftlicherer Fotograf als sie. So viel steht fest.

„Trägt dieser Junge dahinten tatsächlich einen Frack?“ Ihr Vater starrt ungläubig in Julians Richtung.

„Ja, das ist Julian.“ Carlotta kichert. „Er kommt aus England und ist ein bisschen anders als der Rest. Zuerst dachten wir, er wäre ein getarnter Prinz oder so was. Ist er aber nicht.“

„Sondern?“, fragt ihr Vater.

Carlotta überlegt kurz.

„Na ja, es hat ein bisschen Stress wegen seiner Herkunft gegeben, aber das waren Missverständnisse“, sagt sie schließlich. „Julian ist zwar sehr speziell, aber eigentlich ganz nett. Solange man von seinen komischen Klamotten absieht, jedenfalls. Wenn Manu ihn unter ihre Fittiche nimmt, kann vielleicht noch ein ganz passabler Typ aus ihm werden.“

Sie ist sich nicht wirklich sicher, ob die Wogen, die die Barbies und Julian verursacht haben, sich so schnell wieder glätten lassen, aber das ist nicht ihr Problem. Schon gar nicht heute Abend.

Herr Prinz lacht. „Dann lass uns mal ans Büfett gehen. Ich glaub, es geht los!“

Die Küchenchefin hat sich bemüht das Thema des Balls für das Büfett aufzunehmen, aber bei einigen Speisen ist es tatsächlich schwierig, sie in Schwarz-Weiß zu servieren, wie Carlotta feststellt. Zwar gibt es eindeutig weißen Fisch, schwarze Pumpernickel mit schneeweißem Ziegenkäse und halbierte Eier mit schwarzem Kaviar – sie schüttelt sich, als ihr Vater danach greift –, aber dazwischen tauchen immer wieder bunte Farbtupfer auf. Grüner Salat, rote Tomaten, gelbe Ananas, rosa gebratene Fleischstücke und verschiedene Käsesorten, die man nur mit sehr viel Wohlwollen als weiß bezeichnen könnte.

Bis auf den Kaviar sieht alles so lecker aus, dass Carlotta nicht weiß, wo sie anfangen soll. Sie entscheidet sich schließlich für einen Salat, zwei kleine Steaks und einen Käse-Weintrauben-Spieß und kehrt zu ihrem Tisch zurück, an dem in der Zwischenzeit schon Manu und Sofie mit ihren Tanzpartnern Platz genommen haben.

Wieder fällt Carlotta auf, wie gut Sofie und Brendan zueinanderpassen. Sie sitzen ziemlich eng nebeneinander. Gerade füttert Brendan Sofie mit einem Häppchen Lachs. Ob sich da ein wunderschönes, attraktives und hochintelligentes Traumpaar gefunden hat? Carlotta setzt sich ihnen gegenüber und lächelt. Sofie und Brendan nicken ihr kurz zu und widmen sich gleich darauf wieder ihrem Geturtel.

Ein Stückchen weiter unterhalten sich Manu und Julian mit Händen und Füßen. Carlotta ahnt, dass sie damit beschäftigt sind, weitere Ungerechtigkeiten und Schicksalsschläge zu vergleichen, die ihnen im Laufe ihres bisherigen Schülerlebens zugestoßen sind.

Nur von Niko fehlt jede Spur. Carlotta gesteht sich ein, dass sie ein bisschen enttäuscht ist. Gleichzeitig vermutet sie, dass er noch als Fotograf unterwegs ist. Immer auf der Suche nach verrückten Schnappschüssen. Hoffentlich taucht er bald auf! Sie würde nach dem Essen zu gerne noch mal mit ihm tanzen. Bis dahin muss sie sich wohl mit ihrem Vater begnügen.

Herr Prinz kehrt mit einem gut gefüllten Teller und zwei ehemaligen Mitschülern an seinen Platz zurück. Die drei Männer unterhalten sich über alte Zeiten und lachen laut. Carlotta runzelt die Stirn. Sie verdrückt ihr Essen und unterlegt es mit kleinen Seufzern. Da findet einmal in ihrem Leben ein Ball statt und sie kommt sich vor wie Aschenputtel. Niemand achtet auf sie. Das ist irgendwie nicht gerecht.

Irgendwann ist das Essen vorbei. Carlotta hat das Gefühl, als würde sie jeden Augenblick platzen. Am liebsten würde sie jetzt einen Spaziergang machen, aber in einem bodenlangen Kleid und hochhackigen Schuhen durch den Park zu wandern ist bestimmt keine gute Idee. Vielleicht genügen schon ein paar Schritte auf dem Vorplatz. Einfach nur, um ein wenig frische Luft zu schnappen.

„Ich bin gleich wieder da“, raunt sie ihrem Vater zu und steht auf.

Ihr Vater nickt beiläufig und widmet sich gleich wieder seinen Gesprächspartnern. Carlotta huscht mit langen Schritten aus dem Ballsaal.

Kuss und Schluss

Auf dem Vorplatz des Schlosses brennen Holzscheite in eisernen Feuerkörben. Entlang der Wege flackern die Fackeln, die Jonas und sein Vater dort aufgestellt haben. Ihr Schein spiegelt sich in den Pfützen und an der hellen Fassade des Schlosses wider. Es hat aufgehört zu regnen, die Luft ist kühl und erfrischend. Carlotta atmet tief ein und schaut hinauf in den sternenklaren Abendhimmel.

„Schön, nicht?“, sagt eine leise Stimme hinter ihr.

Carlotta schließt die Augen. Sie muss nicht hinsehen. Sie weiß auch so, wem die Stimme gehört. Niko. Endlich ist er da. Ob er sie beobachtet hat, als sie aus dem Ballsaal gelaufen ist? Hat er vielleicht auf eine Gelegenheit gewartet, um mit ihr allein zu sein?

In Carlottas Bauch wachen die Schmetterlinge auf.

Sie strecken sich und kitzeln sie mit ihren Flügeln. Sie muss sich beherrschen nicht zu kichern.

„Heute Nacht ist Vollmond“, sagt Niko. „Wenn du willst, zeig ich dir nachher einen Ort, von dem aus man tolle Fotos machen kann.“

Carlotta dreht sich zu ihm um. „Aber wir müssen dazu hoffentlich nicht ganz nach Bieneburg laufen, oder?“, fragt sie.

„Nein, keine Angst. Es ist nicht der Rathausturm.“ Niko grinst. „Der Ort, den ich meine, ist ganz in der Nähe. Die wenigsten kennen ihn. Es ist eine Art vergessener Ort.“

Ein vergessener Ort … Carlotta lächelt. Das klingt sehr geheimnisvoll.

„Darf ich dich fotografieren?“ Niko hebt seine Kamera.

Carlotta zögert. Dann nickt sie. Warum nicht? Der Abend ist schön, die Sterne funkeln … Sie fühlt sich rundum toll. Ein bisschen wie verzaubert. Wie in einem Märchen. Ob Niko es schafft, diese besondere Stimmung mit seiner Kamera einzufangen?

Er schaut durch den Sucher, betätigt den Auslöser und sieht sich das Ergebnis anschließend auf dem Display an. Offenbar ist er zufrieden. Er lächelt.

„Schickst du mir eine Kopie?“, fragt Carlotta.

„Klar“, sagt Niko.

„Stören wir?“

Carlotta fährt herum. Manu und Sofie stehen in der Eingangstür. Manu grinst breit.

„Ihr könnt ruhig ehrlich sagen, wenn wir wieder gehen sollen“, sagt sie. „Überhaupt kein Problem. Wir wollten nur mal gucken, wo du abgeblieben bist.“

Carlotta und Niko wechseln einen Blick. Der Zauber ist verflogen – festgehalten auf einem einzigen Bild.

„Ihr stört nicht“, sagt Carlotta. „Ich wollte nur ein bisschen frische Luft schnappen.“

„Ja, klar.“ Manu grinst immer noch. „Das sagen sie alle.“

„Ich mach noch ein paar Bilder.“ Niko berührt ganz kurz ihren Arm. „Sehen wir uns nachher?“

Carlotta nickt.

„Der Ball ist um Mitternacht zu Ende. Ich hol dich um Viertel nach zwölf ab.“

„Aber die Aufsicht“, wendet Carlotta ein. „Frau Heselein macht doch bestimmt noch ihren Rundgang.“

„Die Lehrer und Gäste feiern ein bisschen länger“, sagt Niko. „Es gibt heute keine Aufsicht.“

Carlotta fragt sich, woher er das weiß. Aber schließlich ist er schon länger im Internat als sie. Ihr Herz klopft.

„Und wo?“

„An der Treppe zu eurem Flur.“ Niko dreht sich um. Wenig später ist er im Ballsaal verschwunden.

„Ui, geheimnisvoll“, sagt Manu.

„War das gerade eine Verabredung für ein Rendezvous?“, fragt Sofie mit großen Augen.

„Keine Ahnung“, antwortet Carlotta ehrlich. „Ich glaub schon.“

„Er ist süß, oder?“, fragt Sofie.

„Oh ja“, bestätigt Carlotta seufzend.

„Bist du jetzt so richtig offiziell verknallt, oder was?“ Manu stupst sie mit dem Ellbogen an.

Carlotta lacht. „Frag lieber Sofie! Die hat den ganzen Abend mit Brendan geflirtet wie verrückt.“

„Hab ich gar nicht!“, protestiert Sofie.

„Hast du doch!“, erwidert Carlotta. „Ich hab’s genau gesehen!“

„Ich auch.“ Manu nickt.

Sofie wird zartrosa.

„Et bien“, sagt sie. „Ich finde Brendan ziemlich … nett. Aber ich weiß nicht, ob er mich auch mag.“

„Klar mag der dich“, ist sich Carlotta sicher. „So, wie der dich anguckt!“

„Dabei hätte ich schwören können, dass er in dich verknallt ist.“ Manu zupft sich am Ohrläppchen. „Verstehe einer die Jungs!“

„Bestimmt bin ich ihm im Tanzunterricht zu oft auf die Füße getreten“, sagt Carlotta trocken.

Kichernd kehren sie ins Schloss zurück, wo Julian und Brendan ihre Tanzpartnerinnen in Empfang nehmen und auf die Tanzfläche führen.

Carlotta wird von ihrem Vater erwartet. Er hat zwei Stücke Torte besorgt und hält ihr eine Gabel hin. Dabei macht er so ein erwartungsvolles Gesicht, dass Carlotta unmöglich ablehnen kann. Außerdem ist es Schokotorte. Auch wenn sie kurz davor ist, endgültig zu platzen, könnte sie dieser Versuchung niemals widerstehen. Sie lässt sich auf ihren Stuhl fallen, holt tief Luft und schiebt sich einen köstlichen Berg aus Sahne, Schokocreme und weichem Tortenboden in den Mund.

Ihr Vater isst langsam, bedächtig fast, und nippt zwischendurch immer wieder an einer winzigen Espressotasse.

Er sieht aus, als würde er über etwas nachdenken, denkt Carlotta. Fragt sich nur, über was.

Als hätte er ihre Gedanken gelesen, fängt er plötzlich an zu sprechen.

„Ähm, Carlotta … ich möchte dir etwas sagen."

Hilfe!, denkt Carlotta. Wird das jetzt etwa ein ernsthaftes Papa-Tochter-Gespräch?

„Ich weiß, dass du eine Mutter hast", fährt ihr Vater langsam fort und holt tief Luft. „Ich werde nie versuchen dir eine Zweitmutter vor die Nase zu setzen. Das versprech ich dir. Schon gar nicht eine, die sich als böse Stiefmutter entpuppen könnte. Aber ich hab nicht vor den Rest meines Lebens allein zu bleiben. Irgendwann wird es vielleicht eine neue Frau an meiner Seite geben. Und ich hoffe, dass du es akzeptieren kannst, wenn es so weit ist."

Carlotta weiß gar nicht, was sie sagen soll, und stopft sich schnell noch ein Stück Torte in den Mund. Ihr Vater guckt so ernst, als wäre ihm das Thema tierisch wichtig, aber sie ist sich plötzlich gar nicht mehr so sicher, ob sie wirklich mit ihm über Frauen reden will. Schon gar nicht über Frauen, die eine Rolle in seinem Leben spielen könnten. Und dann ausgerechnet jetzt! Sollte er das nicht lieber für sich alleine regeln? Ohne sie?

Andererseits findet sie es ziemlich cool, dass er sie

einbeziehen will. Denn er hat ja irgendwie Recht: Es geht sie etwas an. Eine ganze Menge sogar! Denn wenn Paps eines Tages wieder mit einer Frau zusammen sein sollte, würde es auch ihr Leben betreffen. Im Internat würde sie nicht viel davon merken. Aber was, wenn sie an den Wochenenden und in den Ferien nach Hause käme und da wäre eine neue Frau? Womöglich eine wie diese Tessa, die sogar eine eigene Tochter hat!

Das wäre ja fast, als hätte ich plötzlich eine Schwester, überlegt sie und leckt sich die Lippen ab.

All das geht Carlotta durch den Kopf, während sie ihrem Vater zu folgen versucht und gleichzeitig Sahne und Schokolade in sich hineinschaufelt.

Mam hat das damals nicht so gemacht, fällt ihr ein. Die hat ihr einfach irgendwann das Nilpferd präsentiert und Carlotta musste sehen, wie sie mit der Situation klarkommt. Da ist es ihr schon lieber, wie Paps damit umgeht: offen und ehrlich. Fast so, als wäre sie bereits erwachsen. Eigentlich ist es ein gutes Gefühl.

„Kein Problem“, sagt sie fröhlich. „Falls du mit mir über diese Tessa sprechen willst, schieß los! Oder gibt’s inzwischen eine Neue?“

Ihr Vater starrt sie verblüfft an. Hat sie vielleicht was Falsches gesagt?

„Ähm, was ich damit sagen wollte“, beeilt sich Carlotta hinzuzufügen, „ist, dass ich überhaupt kein Problem damit hätte. Also, falls du und diese Tussi, äh, sorry, Tessa und ihre Tochter … ähm, also, falls ihr –“

Sie bricht ab. Ihr Vater starrt sie immer noch an, aber um seinen Mund spielt ein kleines Lächeln.

Carlotta atmet erleichtert auf. Einen kurzen Moment lang hatte sie schon befürchtet, er könnte sauer sein. Aber danach sieht es irgendwie nicht aus.

„Im Moment ist Tessa nicht mehr als eine nette Kollegin“, sagt er. „Okay, vielleicht ein bisschen mehr als das. Ob was Ernstes daraus wird – ob überhaupt etwas daraus wird –, kann ich dir nicht sagen. Das weiß ich nämlich selbst noch nicht. Aber weißt du was? Morgen ist Samstag. Ich fahre erst abends zurück. Wir haben den ganzen Tag Zeit, uns in Ruhe über alles zu unterhalten. Was hältst du davon?“

Was Carlotta davon hält, sagt sie ihrem Vater, indem sie ihn anstrahlt.

„Ja, cool“, sagt sie. „Am besten holst du mich gleich nach dem Frühstück ab. Wollen wir irgendwo hinfahren? Vielleicht können wir Manu und Sofie mitnehmen. Ach nee, das geht nicht. Wir wollen uns ja über dein Liebesleben unterhalten, nicht?“

Sie verdrückt das letzte Stück Torte und rülpst leise. Ihr Vater rollt die Augen und macht „Tz, tz“, bevor er einen Vorschlag macht: „Du sagst deiner Hausmutter Bescheid und meldest dich bis morgen Abend ab. Dann entscheiden wir, was wir mit dem Tag anfangen, okay? Vielleicht können wir deine Freundinnen später abholen und irgendwo was essen gehen. Aber zuerst ziehen wir unser Vater-Tochter-Ding durch, einverstanden? Ich glaub, es gibt einiges zu besprechen.“

„Klingt genial!“ Carlotta nickt. Sie kann es kaum erwarten, ihren Vater einen ganzen Tag für sich allein zu haben. Wann ist das eigentlich zum letzten Mal vorgekommen? Es muss ewig lange her sein. So lange, dass sie sich kaum noch daran erinnern kann.

„Wollen wir noch mal tanzen?“, fragt sie ihn. „Ich glaub, das ist Rumba. Die kann ich noch nicht so gut.“

„Für mich hört es sich nach Cha Cha an“, antwortet ihr Vater lachend. „Ach, egal … Wir kriegen das schon irgendwie hin.“

„Klar“, grinst Carlotta zufrieden. „Zusammen kriegen wir alles hin!“

Um Mitternacht geht der Ball zu Ende. Zum Abschluss wird noch einmal Wiener Walzer getanzt. Zuerst rechtsherum, dann linksherum. Carlotta tritt ihrem Vater nicht ein einziges Mal auf die Füße. Glücklich und müde verabschieden sie sich voneinander, als er sich auf den Weg in sein Hotel macht.

„Wir sehen uns morgen", sagt er, als Carlotta ihn zum Ausgang bringt. „Ich hol dich gleich nach dem Frühstück ab."

„Gute Nacht." Carlotta winkt ihm hinterher. „Und schlaf schön!"

Sie wartet, bis er ins Auto gestiegen ist, dann dreht sie sich um und flitzt ins Schloss zurück. Die Standuhr in der Eingangshalle zeigt sieben Minuten nach Mitternacht. Ihr Herz klopft zum Zerspringen, als sie die breite Holztreppe hinaufeilt. Manu und Sofie wissen Bescheid. Frau Heselein und die anderen Lehrer sitzen noch im Ballsaal zusammen. Gruppen von Schülern stehen herum, unterhalten sich oder gehen langsam auf ihre Zimmer. Carlotta sieht die Barbies in ihren Designerkleidern neben drei Jungs aus Nikos Klasse stehen. Sie nickt ihnen flüchtig zu und nimmt den letzten Treppenabsatz gleichzeitig so schwungvoll, dass sie fast über den Saum ihres Kleides stolpert.

Niko ist schon da. Er wartet auf sie und lächelt.

„Komm!“, sagt er und nimmt ihre Hand.

Seite an Seite laufen sie noch eine Treppe höher und dann einen langen, dunklen Flur entlang, an dessen Ende sich eine Tür befindet. Niko drückt die Klinke herunter. Hinter der Tür ist eine weitere Treppe. Carlotta ist außer Atem, aber Niko hält ihre Hand fest und zieht sie einfach hinter sich her.

Die schmale, steile Treppe wird nur von dem hellen Licht des Mondes beleuchtet, das durch staubige Sprossenfenster fällt. Ganz kurz fragt sich Carlotta, wo sie überhaupt sind. In dieser Ecke des Schlosses war sie noch nie und es sieht auch nicht so aus, als würde häufig jemand hier aufkreuzen – außer Niko vielleicht.

Überall hängen Spinnweben. Die Treppenstufen knarzen. Ihr fällt die alte Legende ein, nach der die Geister von zwei unglücklich verliebten Prinzen im Schloss herumspuken, die sich vor Urzeiten im See ertränkt haben sollen. Hier und heute wäre die perfekte Spuknacht für ruhelose Gespenster. Wäre Niko nicht bei ihr, würde sie sofort umkehren.

Oben angelangt stehen sie wieder vor einer Tür. Niko lässt ihre Hand los, tastet oberhalb des Türrahmens die Wand ab und hält plötzlich einen rostigen Schlüssel in der Hand. Es quietscht, als er ihn in das Schloss steckt und langsam umdreht.

Carlotta hält die Luft an, als er die Tür öffnet.

„Aber das ist –“, sagt sie.

„Das Turmzimmer“, vollendet Niko den Satz. „Da vorne ist die Rückseite der Uhr, die über dem Haupteingang hängt. Da ist das Uhrwerk. Siehst du? Hier hinten gibt es ein Fenster, das auf den Park und den See hinausgeht. Komm, ich zeig's dir!“

Wieder nimmt er Carlottas Hand. Es fühlt sich warm und sicher an. Carlotta folgt ihm, ohne zu zögern.

Die Luft ist trocken und staubig. An den Wänden stehen ausrangierte Schulmöbel aus dem vorvorigen Jahrhundert. Alte Landkarten stehen zusammengerollt in einer Ecke. Daneben ein Globus, der – wie Carlotta vermutet – noch aus der Zeit vor der Kontinentalverschiebung stammen muss. Es kommt Carlotta vor, als hätte sie einen Zeitsprung gemacht.

Kurz darauf steht sie vor einem kreisrunden Fenster und schaut hinaus. Der Schlosspark mit seinen großen Bäumen breitet sich vor ihr aus. Der Prinzensee glitzert verwunschen im Mondlicht. Der Vollmond erinnert sie an einen Pfannkuchen und wirkt so nah, dass sie unwillkürlich eine Hand ausstreckt, als könnte sie ihn berühren. Am Himmel hängen einzelne Wolkenfetzen. Ein Nachtvogel schwebt lautlos vorbei und verschwindet wenig später hinter den Bäumen.

„Ist das schön!“, sagt Carlotta andächtig.

Niko tritt hinter sie. „Ich wusste, dass es dir gefällt.“

Carlotta dreht sich zu ihm um. Nikos Augen wirken fast schwarz.

„Willst du gar keine Fotos machen?“, fragt sie ihn leise.

Niko schüttelt den Kopf. Er tippt sich zuerst an die Schläfe, anschließend auf die Brust und lächelt.

„Besondere Bilder deponiere ich hier drinnen. Da sind sie besser aufgehoben als auf einer Speicherkarte. Ich kann sie mir anschauen, wann immer ich will.“

Carlotta dreht sich wieder um. Niko legt seine Hände auf ihre Schultern.

Er hat Recht, denkt sie. Besondere Bilder bewahrt man am besten im Kopf und im Herzen auf. Da sind sie sicher. Niemand kann sie einem wegnehmen. Sie können niemals verblassen oder verloren gehen.

Sie lehnt sich gegen Niko und kann seinen Herzschlag spüren. Es ist ein schönes Gefühl. Es fühlt sich so schön an, dass sie sich wünscht, sie könnten für immer so stehen bleiben.

„Darf ich dich küssen?“ Nikos Stimme klingt heiser und ein kleines bisschen schüchtern. Ziemlich niedlich jedenfalls.

Noch während Carlotta fieberhaft überlegt, was man auf so eine Frage wohl am besten antwortet – ja, nein, vielleicht, mal sehen oder nö, lieber doch nicht –, dreht Niko sie sanft zu sich herum. Carlotta hat gerade noch Zeit zu nicken, dann schließt sie die Augen und spürt im selben Augenblick Nikos weiche Lippen auf ihrem Mund. Das Gefühl, das sie dabei hat, toppt den Vollmond, die Schokoladentorte, eine Million Gummibärchen, Achterbahnfahren und alles andere auf der Welt. Es ist das tollste Gefühl überhaupt. Da ist sie sich absolut und hundertprozentig sicher.

Eine halbe Stunde später tanzt Carlotta durch den langen Flur bis zu ihrem Zimmer. Sie dreht eine kleine Pirouette und bleibt vor der Tür mit der Nummer 128 stehen. Im Schloss ist Ruhe eingekehrt. In den Gängen brennen die Notlichter und tauchen alles in ein geheimnisvolles Licht. Niko hat sie noch bis zur Treppe begleitet. Danach ist er im Schutz der Dunkelheit davongehuscht.

Fast wie der Geist eines Märchenprinzen, denkt Carlotta kichernd und schlüpft schnell ins Zimmer.

Im Schein einer Taschenlampe hocken Manu und Sofie nebeneinander auf Sofies Bett und grinsen ihr entgegen.

„Wir dachten schon, du kommst gar nicht mehr!“, schimpft Manu leise.

„Hattest du ein schönes Rendezvous?“, flüstert Sofie.

Carlotta steigt aus ihren Schuhen, schält sich aus ihrem Kleid und hängt es vorsichtig auf einen Bügel. „Oh ja!“, sagt sie lächelnd.

An dem kleinen Waschbecken neben der Tür putzt sie sich schnell die Zähne. Dann wischt sie sich mit einem feuchten Waschlappen das Make-up aus dem Gesicht und bürstet sich zum Schluss noch die Haare. Anschließend schlüpft sie in ihren Schlafanzug und klettert zu ihren Freundinnen in das schmale Bett.

„Danke, dass ihr auf mich gewartet habt!“

„Ehrensache“, meint Manu.

Sofie nickt.

Carlotta kuschelt sich in das Kissen, das Manu ihr großzügig hingeschoben hat. Ihre Füße steckt sie unter Sofies Decke.

„War das nicht ein toller Abend?“, fragt sie.

„Jo, das Büfett war echt klasse“, nickt Manu und gähnt.

Sofie seufzt glücklich. „Es war einfach wunderherrlich!“

Carlotta kichert über die lustige Wortkonstruktion. Gleichzeitig fliegen in ihrem Kopf tausend Gedanken hin und her. Die meisten davon haben mit Niko zu tun. Niko, Niko, Niko, singen die Schmetterlinge in ihrem Bauch. Carlotta versucht sie zum Schweigen zu bringen, aber sie tirilieren einfach weiter.

Neben ihr fängt Manu plötzlich an zu schnarchen. Sofie lehnt ihren Kopf gegen ihre Schulter.

„Ich bin so müde“, flüstert sie. „Wir können uns morgen alles erzählen. Oui?“

„Klar“, flüstert Carlotta zurück. „Schlaf gut!“

„Bonne nuit.“ Sofies Antwort ist kaum mehr als ein Murmeln.

Carlotta angelt nach der Taschenlampe und knipst sie aus. Der Vollmond wirft sein blasses Licht ins Zimmer. Im Schlosspark ruft eine Eule. Es klingt geheimnisvoll und ein bisschen schaurig.

Carlotta lächelt. Was für eine Nacht! Sie ist viel zu aufgeregt, um ans Einschlafen zu denken, und gleichzeitig viel zu faul, um aufzustehen und in ihr eigenes Bett zu krabbeln. Es ist so gemütlich hier! Kuschelig und warm. Sie lauscht auf das gleichmäßige Atmen ihrer Freundinnen. Manu schmatzt leise im Schlaf. Carlotta grinst, als sie es hört. Bestimmt träumt Manu von dem kalten Büfett. Und Sofie? Ob sie vielleicht von Brendan träumt?

Sofie hat Recht, denkt Carlotta. Wir können uns morgen alles erzählen.

Behaglich seufzend rutscht sie ein Stück tiefer unter die Decke und schließt die Augen. Sie denkt an den nächsten Tag und freut sich darauf. Auf ihren Vater. Auf Niko. Auf alles.

Carlotta geht auf Reisen

In der elften Klasse steht auf Schloss Prinzensee traditionell eine Kursfahrt an. Carlotta fliegt mit ihrem Spanisch-Kurs nach Mallorca. Sie freut sich auf die freie Zeit mit ihren Freundinnen und Freunden und auf viele neue Fotomotive am Mittelmeer. Sommer, Sonne, Palmen, Freunde – und jede Menge Zeit zum Verschwenden! Ist das nicht total genial? Jonas ist weniger begeistert …

Dagmar Hoßfeld
Carlotta
Band 7: Carlotta – Internat auf Klassenfahrt
256 Seiten
Gebunden
ISBN 978-3-551-65097-9

CARLSEN

www.carlsen.de

Kinderbücher mit dem Potenzial zum Klassiker!

Jeanne Birdsall
Die Penderwicks
Band 1: Die Penderwicks
288 Seiten
Taschenbuch
ISBN 978-3-551-35740-3

Jeanne Birdsall
Die Penderwicks
Band 2: Die Penderwicks zu Hause
320 Seiten
Taschenbuch
ISBN 978-3-551-31107-8

Jeanne Birdsall
Die Penderwicks
Band 3: Die Penderwicks am Meer
320 Seiten
Taschenbuch
ISBN 978-3-551-31320-1

Rosalind, Skye, Jane und Batty – das sind die vier Penderwick-Schwestern, die allen Lesern sofort ans Herz wachsen.
Ob im Urlaub oder zu Hause, überall warten wunderbare Überraschungen und große Abenteuer auf die vier. Und als Leser folgt man ihnen dabei mit dem allergrößten Vergnügen. Am liebsten will man diese Bücher immer wieder neu lesen.
Echte Lieblingsbücher eben!

www.carlsen.de

CARLSEN

Sommer in Irland

Gesine Schulz
Eine Tüte grüner Wind
176 Seiten
Taschenbuch
ISBN 978-3-551-36252-0

Geplant war Urlaub mit Mama in den USA. Doch jetzt soll Lucy plötzlich allein nach Irland fliegen. Zu einer Tante, die sie gar nicht kennt und die in einem Haus ohne Dach lebt. Dabei regnet es auf der Insel ständig! Und außerdem haben alle Iren rote Haare. Lucy will da nicht hin, kein bisschen, aber sie hat keine Wahl. Also färbt sie sich aus Protest die Haare irisch-rot, fliegt los – und erlebt einen Sommer, wie sie ihn sich nie vorgestellt hätte!